작가를 꿈꾸는 모든 분에게

도움이 되기를 바라며

이젠 블로그로 책 쓰기다!

블로그 글쓰기로

책도 쓰고

작가도 되자

이젠 블로그로
책 쓰기다!

신은영 지음

당신이 글을 쓰면 좋겠습니다

2019년 3월 6일, 내가 블로그에 첫 에세이를 올린 날이다. 그날 이후 나는 매일 한 꼭지씩 글을 써서 블로그에 올렸다. 그리고 그 글들이 4권의 책으로 출간되었다. 한 권씩 책이 나올 때마다 스스로가 대견했다. 타고난 재능보다 끈기로 해낸 일이었기 때문이다.

글을 잘 쓰고 싶고 책을 내고 싶어서 이 책을 집었는데 '매일 글을 쓰라는 엄청난 이야기부터 나오다니!'라고 생각할 수 있다. 매일 한편씩 글을 쓰는 일은 불가능하다며 시작도 하기 전에 손사래를 치고 싶을지도 모른다. 나도 의구심을 가지고 첫 글을 썼으니까. 하지만 직접 해보니 가능했다! 그것도 특별한 재능이나 근사한 글감 없이도 누구나 할 수 있다. 그저 오늘 딱 한편만! 이것만 해내면 된다.

글을 쓰는 동안 나는 좀 더 나은 사람으로 성장했다. 조금 더 생각하게 되었고 조금 더 인내하게 되었으며, 조금 더 나를 이해하게 되었다. 지나간 추억을 회상하며 그때의 나와 지금의 나를 비교할 수 있었고, 미래에 내가 되고 싶은 사람을 그려보기도 했다. 당시에는 이해되지 않던 사람과 상황이 지금의 눈으로 다시 보니 이해되고도 남았고 내가 확신했던 대로 되지 않은 현실에 놀라고 반성하기도 했다.

블로그로 책을 쓴 나의 경험을 이 책에 담았다. 어쩌면 대단한 비법이나 노하우가 아닐 수도 있다. 그저 작은 끈기를 발휘한다면 누구나 블로그로 책을 쓸 수 있으니까. 많은 분들이 매일의 작은 끈기를 이어갔으면 하는 바람이다. 우리가 책을 통해 위로를 받듯, 누군가는 당신의 위로를 기다리고 있을지 모른다. 당신의 언어로, 당신의 온도로 그들에게 손을 내밀면 좋겠다.

서점을 둘러보면 금세 알 수 있다. 거창한 이야기가 주목받는 시대가 아니라는 사실을. 지극히 개인적이고 소소한 이야기들이 사람들의 관심을 받고 있다. 나와 당신의 작은 이야기가 책이 될 수 있는, 혹은 책이 되어야 하는 시대인 것이다.

당신이 글을 쓰면 좋겠다. 그리고 그 글이 모여 당신의 책이 되면 좋겠다. 그 책이 누군가의 마음에 가 닿아 위로가 된다면, 우리의 삶이 지금보다 훨씬 의미 있을 거라 확신한다.

2020년 10월
신은영

목차

1장 블로그로 책 쓰기 기본편

2장 블로그로 책 쓰기 실천편

3장 블로그로 책 쓰기 고급편

4장 블로그 글쓰기로 책 저자 되기

5장 블로그에 매일 한편씩 올린 에세이

1장

블로그로 책 쓰기 기본편

우연히 작가가 되었다고요?

불과 1년 전, 나는 평범한 전업주부였다. 아이 간식을 챙기고 끼니때마다 반찬 걱정을 하는 대한민국 보통 엄마! 그러다 우연히 본 공모전 하나가 내 인생을 바꾸어놓았고, 지금 나는 '작가'라는 호칭에 꽤 익숙해졌다. 이렇게 말하면 대부분의 사람들이 비슷한 반응을 보인다.

'타고난 글솜씨가 있었겠지?'

맞다! 아예 없진 않은 것 같다.

'운이 아주 좋았겠지?'

맞다! 운이 없는데 공모전에 당선될 리는 없다.

'공모전을 위해서 뼈를 깎는 노력을 해왔겠지?'

응? 그건 아니다!

공모전에 참가한 이유를 묻는 사람을 만날 때마다 실로 난감해진다. 동화로 당선됐으니 '아이들에게 꿈과 희망을 주기 위해서요' 혹은 '사회를 더 밝고 긍정적으로 바꾸고 싶어서요'라는 대답이 듣기 좋을 것이다. 그런데 사실대로 고백하자면 그저 삶의 무료함을 벗어날 요량으로 공모전에 참가했을 뿐이다.

'그럼 무료함이 당선 비법인가요?'라고 물을 것이다. 당연히 아니다! 비법은 따로 있다.

눈에 보이지 않아서 무의미하게 느껴지는 일, 금방 결과가 나오지 않는 일, 하지만 내공이 차곡차곡 쌓여 어느 순간, 그 힘이 발현되는 일! 과연 무엇일까?

그건 바로 '책 읽기와 글쓰기'다. 아이를 키우는 동안 내가 자존감을 지키는 방법이라고 해봐야 아이가 잠들었을 때 책을 읽고 서평을 쓰는 것뿐이었다. 만약 그마저도 없었다면 나는 지금쯤 깊은 우울감에 빠져 분명 삶을 비관하고 있을 것이다. 아무도 인정해 주지 않고 가끔은 그걸 한다고 돈이 나오냐, 쌀이 나오냐는 비아냥을 듣기도 한 그

두 가지 일, 책 읽기와 글쓰기! 나는 살기 위해, 그리고 우울해지지 않기 위해 그 두 가지를 무한 반복했을 뿐이다. 그리고 오로지 그 두 가지 덕분에 작가가 되었다.

책 읽기 습관이 안 되어 있다고요?

    누구나 알고 있듯이 글쓰기의 기본은 책 읽기다. 일단 남의 글을 많이 읽어야 내 글도 잘 쓸 수 있다는 건 만고불변의 진리다. 글로 이름을 떨친 인물 중에 책 읽기를 강조하지 않은 이는 없으니, 그들의 비법 또한 책 읽기임이 분명하다.

    하지만 요즘 같은 세상에 책 읽기가 어디 그리 쉬운가? 감각적이고 찰나적인 즐거움을 주는 일들에 비해 독서는 한없이 느리고 지루한 일처럼 보인다. 활자를 읽고, 생각을 정리하고, 저자가 말하고자 하는 바를 따라가야 하니 난이도로 따지면 최상위쯤 되지 않을까? 게임처럼 포인트를 주거나 아이템이라도 주면 성취감이라도 있겠으나 책 읽기는 표면적으로 어떤 보상도 주어지지 않으며 자칫 무의미한 일처럼 보이는 특별한 정신 활동이다.

　당신의 하루를 들여다보라. 친구를 요청하는 SNS 알림이 수시로 울려대고, 화려한 사진을 올려놓고 '좋아요'를 기다리는 이웃들을 위해 하트도 열심히 눌러줘야 한다. 한편 유튜브는 원하지도 않는데 내 취향을 꿰뚫고선 자꾸만 '당신 이런 영상 좋아하죠?'라며 불필요한 친절을 베푼다. 굴비 엮듯이 몇 편 보고 나면 또다시 내 취향을 귀신같이 알아채고는 더 흥미로운 영상을 띄워 올리는 일을 반복한다. 그렇게 하루가 다 가고 밤에 누우면 깊은 한숨과 함께 이런 생각이 든다.
　'오늘도 보람찬 일은 하나도 없었구나. 내일은 휴대폰 좀 내려놓고 책 좀 읽어야지.'
　그럼 내일 완전히 바뀌는가? 변화 없이 또 도돌이표다. 다음 날도, 그 다음날도 마찬가지다.

　나는 나름대로 의지가 강하고 끈기가 있다는 이야기를

자주 듣는다. 그런데도 책을 매일 꼬박꼬박 읽는 일은 쉽지 않았다. 그래서 시도한 방법이 바로 '서평단'이었다.

네이버 카페만 해도 크고 작은 서평단 활동이 많고, 요즘은 인스타그램에서도 서평단을 활발히 모집한다. 그러니 책 읽기를 습관으로 만들고 싶다면 서평단에 적극적으로 도전해 보는 게 좋다.

그럼 서평단에 참가하면 어떤 점이 좋을까?

첫 번째, 공짜로 신간을 받을 수 있다. 이제 막 인쇄되어 나온 따끈따끈한 책을 받아드는 건 늘 즐거운 일이다. 배송비 마저 낼 필요 없이 공짜로 받으니 얼마나 좋은가?

두 번째, 정해진 기간 안에 책 읽기를 마칠 수 있다. 보통 서평 완료 기간은 일주일에서 이 주일 정도 된다. 그 안에 어떻게든 책을 읽게 되니 게으름을 극복하는 데 효과적이다. 만약 서평을 정해진 기간 안에 완료하지 못하면 페널티가 부과되고, 다음번 서평단 선정에서 불이익을 받기 때문에 자연스레 의무감도 가질 수 있다.

세 번째, 서평 쓰기, 즉 글쓰기를 강제로 하게 된다. 잘 쓰는 글이든 못 쓰는 글이든 일단 계속 쓰다 보면 글이 다듬어지고 생각이 명료해진다. 또한 서평을 자주 쓸수록 남의 서평을 읽는 횟수도 늘어나 서평에 대한 나름의 진지한 고민도 하게 된다. 그러다 보면 좀 더 세련된 표현을 따라 써보거나 타인의 관점을 배울 수도 있다. 그리고 무엇보다 저자가 하고자 하는 말, 즉 핵심을 파악하는 능력이 생긴다.

네 번째, 글을 대중에게 공개하는 연습을 할 수 있다. 블로그를 비롯한 SNS에 서평을 올릴 때는 전체 공개로 설정해야 한다. 이는 익명의 다수가 언제든지 나의 글을 읽고 평가할 수 있다는 뜻이다. 서평을 꾸준히 올리다 보면 공개적인 글을 쓴다는 부담감으로부터 자유로워지고 자연스레 더 잘 쓰고 싶은 욕구가 강해진다.

다섯 번째, 시간이 지날수록 기록이 쌓여 나만의 역사가 된다. 내 블로그에 쌓인 서평은 1,000개가 넘는다. 물론 오래전에 쓴 서평을 읽다 보면 부끄러워 어딘가로 숨고 싶어진다. 하지만 그동안 나의 글쓰기가 얼마나 발전했는가를 한 눈에 볼 수 있는 유일한 기록이기에 기특한 마음에 삭제하진 않는다.

책 읽기 습관이 없어서 힘들다면 서평단으로 강제 책 읽기 환경을 자신에게 제공해보는 건 어떨까? 독서량이 늘어갈수록, 블로그에 쌓이는 서평이 많아질수록 그전에는 보지 못한 새로운 것들을 포착하게 되고 그런 행운들이 또 다른 즐거움을 줄지 누가 알겠는가?

글쓰기를 계속하면 뭐가 좋은데요?

글쓰기를 계속하면 의지가 강해진다. 비단 글쓰기뿐만 아니라 어떤 일을 지속하려면 끈기가 필요하다. 그리고 끈기를 발휘해 계속하다 보면 더 강한 끈기가 생긴다. 물론 처음부터 변화를 경험하긴 힘들다. 하지만 시간과 양이 쌓인 어느 날, 우연히 깨닫게 될 지도 모른다. 지속적인 글쓰기가 강한 끈기로 이어진다는 사실을.

끈기가 약해질 때마다 떠올리는 나의 실제 경험을 소개해본다.

끈기를 발휘한다는 것

공부방 문이 열리자 1학년 꼬맹이 둘이 들어섰다. 개구쟁이 준우와 모범생 지애! 둘은 성격은 물론 생김새나 취향까지 어느 것 하나 비슷한 구석이 없었다. 그런데도 서로 자주 어울려 놀았고, 싸우는 일도 거의 없었다.

친구들 팔을 잡아당기거나 놀리기 좋아하는 준우가 유독 지애에게만 친절한 이유를 나는 단번에 알아챘다. 공부에 흥미가 없는 준우를 도와주는 유일한 사람이 바로 지애였기 때문이다.

당시 내가 일하던 영어 공부방 벽면에는 빼곡히 그림이 붙여져 있었다. 매일 영어 대화문을 외운 후 그림만 보고 암송해야 했고, 그날 분량을 소화해내지 못하면 집에 가는 시간이 점점 미뤄지는 것이 규칙이었다. 개구쟁이 준우는 집중시간도 짧았고 무엇보다 영어를 좋아하지 않은 탓에 늘 최후의 1인이 되거나, 최후의 3인이 되어 자신의 신세를 한탄하곤 했다.

"어휴, 난 영어가 정말 싫어!"

어느 날, 혼잣말치고는 꽤 큰 소리로 준우가 말했다.

"빨리해야 집에 갈 수 있어."

무미건조한 목소리로 말하며 나는 고개를 돌렸다.

"알아요…. 근데 전 진짜 돌머리인가 봐요. 분명히 방금 외웠는데 돌아서면 까먹어요."

준우 얼굴이 바람 빠진 풍선처럼 쭈글쭈글해졌다.

"집중해 봐! 그럼 금방 외울 수 있어!"

'제발 빨리하고 집에 가라'는 말투로 내가 말했다. 준우는 자기 마음도 몰라주는 선생님이 야속하다는 듯 내게 연신 눈을 흘겼다.

"준우야! 이리 와 봐!"

벽면을 보며 자기 분량을 암송하던 지애가 후다닥 달려와 준우를 끌어당겼다. 그리곤 그림 앞에 준우를 세우고 요령을 가르치기 시작했다.

"잘 봐! 무작정 외우면 뭐든지 금세 까먹기 마련이야. 그림 속 아이가 눈을 찡그리고 있잖아. 그러니까 '책을 잃어버렸다'와 짝을 지어줘야 해. 알겠지?"

그러면서 첫 문장부터 또박또박 읽어주며 그림과 함께 외우는 연습을 시켰다. 준우는 지애의 말 잘 듣는 동생이라도 된 것처럼 고개를 끄덕이다 지애 얼굴을 쳐다 보기를 반복했다.

"이제 처음부터 해보는 거야! 눈을 찡그린다는 뭐와 연결된다?"

퀴즈 내듯 지애가 묻자, 준우가 우물쭈물하더니 입을 열었다.

"책을 잃어버렸다?"

"그래! 잘했어! 이 그림은 찡그린 눈만 기억하면 되는 거야. 어때? 쉽지?"

지애 말에 준우가 깡충깡충 뛰어올랐다.

그 뒤부터 준우는 틈만 나면 지애에게 암송 요령을 배웠다. 그림을 하나하나 들여다보고 특징을 포착해내는 방법이나, 연결되는 대화를 암기하는 방법까지! 그러고 보니 지애는 자신만의 노하우를 탄탄하게 쌓은 건 물론이고 대단한 끈기를 발휘하는 아이인 것 같았다.

그런 지애가 나는 늘 신기했다. 어떻게든 집에 일찍 가고 싶어 하는 친구들과 달리, 지애는 그날 공부를 어김없이 해내는 아이였기 때문이다.

하루는 꽤 긴 대화문이 잘 외워지지 않는지 지애가 그림 앞에서 두어 번 발을 굴렀다.

"지애야, 오늘은 잘 안 외워지는 모양이구나?"

점점 일그러지는 지애 얼굴을 들여다보며 내가 물었다.

"네…."

목소리에 기운이 하나도 없었다.

"오늘은 절반만 외우고 가도 괜찮아."

"아니에요. 조금만 더 외우면 할 수 있을 것 같아요."

나의 솔깃한 제안에도 불구하고 지애는 그대로 몇 분을 더 서서 연습을 이어갔다. 그리곤 늘 그렇듯 완벽하게 해내고는 해맑게 웃었다. 그쯤 되자 나는 궁금해서 참을 수가 없었다.

"지애야! 비결이 뭐니?"

내가 눈높이를 맞추며 묻자, 안경 너머 지애 눈이 끔뻑였다.

"힘들고 포기하고 싶은데도 계속하는 이유 말이야."

스승에게 가르침을 구하는 제자처럼 나는 지애의 대답을 기다리고 있었다. 그러자 영락없는 아이 얼굴로 지애가 배시시 웃었다.

"그냥 조금만 참고 계속하면 되더라고요."

그 특별할 것 없는 말에 나는 묘하게 가슴이 설레었다.

어느 날, 내가 공부방으로 올라가는 입구 계단에 섰을 때였다. 지애 엄마가 지애에게 이런저런 이야기를 하는 중이라 잠시 계단 아래서 기다리기로 했다.

"지애야, 엄마가 말했지? 세상에서 제일 어려운 일이 뭔지."

수수께끼 같으면서도 철학적인 말이 계단 통로를 울리자, 나도 모르게 귀를 쫑긋 세웠다. 그리곤 속으로 '세상에서 제일 어려운 일은 돈 버는 거요!'라고 외쳤다.

"계속하는 거!"

익숙하다는 듯 지애가 대답했다.

'계속하는 거? 그게 왜 제일 어려운 일이야?'

나는 고개를 갸웃거리며 정답이 틀린 거 같다고 중얼거렸다.

"그래, 맞아! 하루 이틀 하는 건 너무 쉽지. 하지만 한 달, 일년, 평생…. 이런 건 참 어려워. 그렇지?"

지애 고개가 위아래로 춤을 췄다.

"그러니까 늘 인내심을 발휘해봐. 그럼 할 수 있게 되고 결국엔 잘하게 되니까."

지애 엄마의 부드러운 음성이 내 마음을 콕 찔렀다. 다음 순간 대단한 비밀이라도 나눠 가진 사람들처럼 둘이 눈을 맞추고 생긋 웃는 게 보였다.

시간이 한참 흐른 어느 날, 비척대며 내가 걸어가고 있을 때였다. 낯선 얼굴의 안경 쓴 여자아이가 엄마 손을 잡고 내 곁을 지나갔다. 무심히 고개를 돌린 순간, 잊고 있었던 지애 엄마의 음성과 지애의 대답이 내 앞에 툭 던져졌다.

세상에서 제일 어려운 일!

열심히 해도 안 되는 일투성이라고, 세상에 내 뜻대로 되는 게 아무것도 없다고 투덜대던 나는 불현듯 부끄러워져 입을 꾹 닫아버렸다. 그리고 스스로에게 물었다.

'나는 진짜 계속해 본 걸까?'

'잘하게 될 때까지 해본 게 맞을까?'

내 고개가 힘없이 돌아간 순간, 지애 말이 울려댔다.

'그냥 조금만 참고 계속하면 되더라고요.'

나는 여전히 세상에서 제일 어려운 일을 하고 있다. 그리고 제일 어려운 일을 하고 있다는 사실을 잊지 않으려 노력한다. 계속하면 할 수 있게 되고, 결국엔 잘하는 날이 올 거라 믿기 때문이다.

글쓰기 플랫폼 중 어디에 써요?

　　SNS에는 다양한 글쓰기 플랫폼이 있다. 각 플랫폼의 특징을 좀 살펴보면,

　　첫 번째, 인스타그램은 사진이 글을 대신하는 플랫폼으로 사진 한 장에 다양한 이야기를 담아낸다. 따라서 상품을 홍보하거나 개인적인 순간을 기록할 목적으로 활용하기 좋다.

　　두 번째, 페이스북! 인스타그램이 사진 위주라면, 페이스북은 사진에 글이 더해진 형태로 다양하게 활용할 수 있는 장점이 있다. 개인 기록용으로 활용하는 사람들도 많

고, 꾸준히 자기 생각을 글에 담아내는 사용자도 많다. 그리고 페이스북에 쓴 글들을 모아 책으로 출간한 경우도 있으니 페이스북이 익숙한 사용자라면 글 저장용으로 사용해도 무방하다. 다만 검색을 통한 노출이 다소 제한적이라 아쉽다.

세 번째, 브런치! 블로그를 포함한 다양한 글쓰기 플랫폼 중에서 가장 진입 장벽이 높고 독자 수도 제한적이다. 하지만 역으로 생각하면 아무나 할 수 없기에 그만큼 특별하다고 할 수 있다. 그리고 적절히 사진을 첨부하여 시각적인 효과를 노린 이른바 '흥미로운' 글쓰기를 시도할 수 있는 것도 장점이라 할 수 있다. 어디 그뿐인가? 브런치 글쓰기 승인을 받은 사람을 '작가'라는 호칭으로 부르기에, 나름 프라이드를 가지고 글을 쓸 수 있는 점도 좋다.

네 번째, 네이버 블로그! 단순히 사용자만 비교하더라도 가장 압도적인 플랫폼이다. 그만큼 검색에 노출될 기회가 많고, 내 글에 관심을 기울일 사용자 숫자 또한 많다는 뜻이다.

　최근에는 네이버 사용자가 예전만큼 많지 않다는 말이 심심찮게 들린다. 하지만 네이버를 대체할만큼 국내 이용자가 많은 플랫폼이나 검색 엔진은 아직 없는 실정이다. 그러니 지금으로서는 네이버가 검색을 통한 노출과 홍보 기회가 가장 많은 셈이다.

　이처럼 다양한 플랫폼 중에 자신에게 가장 알맞은 형태를 선택하면 된다. 개인적으로 추천하고 싶은 것은 네이버 블로그나 페이스북을 기본으로 삼고, 글이 쌓이면 브런치 작가에 도전해 보는 방식이다. 블로그 뿐만 아니라 브런치 작가에 굳이 도전해 보라는 이유는, 간혹 브런치 글을 보고 출간 제안을 해오는 출판사도 있고 브런치 자체 내에서 하는 출간 프로젝트에 참여해 볼 수도 있기 때문이다. 결국 어떤 플랫폼을 사용하든 본인이 편안하게 느끼는 플랫폼을 선택하는 것이 핵심이다. 본인에게 편한 플랫폼이 아니라면 꾸준히 글을 쓰는 일이 어려워지니 반드시 잘 생각해서 선택하도록 하자.

어떤 글을 쓰죠? 1

    블로그를 이제 막 시작한 사용자나 오랫동안 방치하다 재개하는 이들의 주된 고민은 블로그의 방향성, 즉 주제를 정하는 것이다. 얼마 전 네이버에서 '나는 ○○블로거다!'라고 스스로를 명명하는 이벤트를 진행했다. 이것저것 다양한 주제를 다루는 블로거들은 물론, 별다른 주제가 없었던 블로거들까지 스스로를 명명하느라 고민 아닌 고민을 했다고 한다. 그리고 한편으로는 방향성을 분명히 하는 데 큰 도움이 되었다는 말도 들려왔다.

    나는 오랫동안 블로그에 서평만 올리던 책 블로거였다. 친한 이웃도, 댓글을 주고받는 이웃도 없이 그저 서평 이벤트를 위한 '서평'을 올리는 용도로만 사용했다.

그러다 우연한 기회에 한 글쓰기 모임에 참여하게 되었다. 모임의 규칙은 일주일에 한 편씩 나만의 글을 써서 공유하는 것이었다. 그래서 글을 모아 둘 온라인 공간이 필요했다. 처음에는 페이스북과 브런치를 두고 고민하다 결국 가장 만만한 블로그에 글을 올리기로 마음먹었다.

그런데 막상 글을 쓰고자 글쓰기 버튼을 누르고 나니 어떤 글을 써야 할지 막막하기만 했다. 그렇다고 거창한 이야기를 쓸 재주도 없었기에 그저 소소한 나의 일상과 그에 따른 생각을 쓸 수밖에 없었다.

누구든 블로그를 비롯한 SNS에 본격적으로 글을 쓰고자 한다면 첫 시작은 대부분 일상 글일 것이다. 나의 일상을 기록한다는 가벼운 마음으로 몇 줄을 적어보기만 하면 되니 그리 부담스럽지도 않다.

알다시피 누군가의 일상 글은 그 사람의 취미와 관심거리를 담고 있다. 만약 당신이 화초 가꾸기에 지대한 관심이 있는 사람이라면 화초 이야기를 지속해서 올리면서 비슷한 취미를 가진 이웃들을 늘려라. 서로 이야기가 잘 통해서 금세 친근해질 수 있다. 또한 정보를 공유하고 친분을 쌓다 보면 예상외의 새로운 가능성을 발견할 수도 있고 알게 모르게 의지가 되는 귀한 이웃 덕분에 정신적 위안을 얻을 수도 있을 것이다.

나처럼 책 블로거라면 책 리뷰를 올리는 이웃을, 어학 블로거라면 어학 공부를 하는 이웃을 늘리자. 그리고 일상 글에 서로 댓글을 달아주며 지속할 수 있는 힘을 주고받자. 특별할 것 없다고 생각했던 자신의 글에 누군가가 댓글로 공감과 격려만 해주어도 우린 어느새 칭찬받는 어린 아이처럼 들뜨게 된다. 물론 온라인에서 칭찬받는 것이 무슨 소용이냐고 반문하는 이들도 있을 것이다. 하지만 이런 긍정적인 칭찬의 효과는 결코 무시할 수준이 아니다. 지루한 일상에서는 우리를 칭찬해주는 존재도, 우리가 칭찬받을 기회도 거의 없기 때문이다. 누군가의 힘이 되는 한 마디는 인내심 부족한 우리 등을 토닥여주고, 나아가 글쓰기를 지속할 수 있는 원동력이 된다.

블로그에 올리는 일상 글에 형식이 있느냐고 물으면 대부분 없다고 말한다. 물론 맞는 말이지만, 기본적으로 염두에 둘 사항들은 있다. 이는 어디까지나 이웃들과의 '소통'과 '블로그로 책 쓰기'에 적합한 조언들이다.

첫 번째, '지나치게' 주관적인 글을 지속적으로 올리지는 말자.

자신만 이해할 수 있는 일기나 자신만의 관점에 갇힌 글, 혹은 정치적, 종교적 신념을 피력하는 글들이 여기에 속한다. 블로그의 특성상 개인적이고 주관적인 글들이 다수라는 건 누구나 알고 있다. 하지만 이웃들의 공감을 원하고, 나아가 실용적인 글쓰기를 원한다면 주의할 필요가 있겠다.

두 번째, 지나치게 부정적인 글은 비밀글로 혼자만 보는 것이 좋다.

부부싸움, 아이 문제로 자책하는 내용, 시댁 관련 욕설 등은 누구나 직간접적으로 경험하는 일이지만 군이 블로그에 지속적으로 올리지 않는 주제들이다. 이런 글들로 채워진 블로그를 상상해보자. 매일 업데이트되는 글들이 소위 말하는 기 빨리는 글들이라면 누가 읽어줄까?

세 번째, 사실적 기록에 주관적인 생각이나 느낌을 첨가하는 것이 좋다.

오늘 있었던 해프닝을 글로 적었다면 마지막 한두 줄은 그에 대한 자기 생각을 곁들여보자. 그 몇 줄이야말로 그 글의 핵심 문장이자 이웃들의 공감을 끌어낼 수 있는 '키포인트'가 될 수 있기 때문이다.

네 번째, 다양한 구성으로 글을 써보자.

늘 시간 순서대로 이야기를 나열했다면 어느 날엔 사건 비중이 큰 순서대로 나열해보면 어떨까? 혹은 대화문으로 시작해 궁금증을 불러와도 좋다. 매일 판에 박힌 듯한 일상 글이 지루하다면 시작만 살짝 바꿔보는 센스를 발휘하자. 그러다 보면 문득 글쓰기가 재미있어지는 순간을 맞을지도 모른다.

다섯 번째, 지속할 수 있는 카테고리를 2~3개 유지하는 것이 좋다.

책을 좋아하는 블로거라고 책 이야기만 쓰진 않는다. 나만 하더라도 매일 아침에 동화책 필사를 올리고 몇 시간 후 에세이 한 편을 올리는 식으로 기본 2가지 활동을 루틴으로 유지하고 있다. 그러다 영어 낭독이나 드로잉 혹은 일상에서 찍은 사진을 올리기도 한다. 이를 지속하기 위해서는 본인의 일상을 찬찬히 들여다보고 가장 관심 있는 분야 몇 가지를 추려서 루틴처럼 이어갈 수 있는지를 고민해 보아야 한다.

처음부터 완성도 높은 글을 쓰기란 그리 쉽지 않다. 자기 생각이 분명하지 않아서이기도 하지만, 대부분은 글로 표현하는 데 익숙하지 않은 탓이다. 하지만 다른 분야와 마찬가지로 글쓰기도 매일 반복하다 보면 어느 순간 예전보다 그리 어렵지 않다고 느끼게 된다. 그 기분을 느끼기 전까지 일상 글과 관심 분야 글로 꾸준히 연습을 이어가 보자.

그리고 무엇보다 중요한 것은 '재미'가 있어야 한다. 남을 즐겁게 해주는 재미가 아니라 스스로 느끼는 소소한 재미와 만족감! 대부분의 사용자가 일상의 지루함을 타파할 목적으로 SNS를 하고 가끔 받는 위로와 공감, 격려 덕분에 소통을 이어간다. 하지만 본인이 재미를 느끼지 못하면 루틴을 유지할 수 없고 누군가와 깊이 공감하고 소통하는 것 자체도 불가능해진다. 그러니 글쓰기의 기본은 재미와 흥미라는 것을 잊지 않았으면 좋겠다.

어떤 글을 쓰죠? 2

누구나 쓸 수 있는 이야기를 굳이 나까지 써야 할 이유는 없다. 얼핏 너무도 당연한 말처럼 들리지만 많은 사람이 글의 주제, 소재를 고민하면서 자주 간과하는 점이다. 따라서 나만이 쓸 수 있는 이야기와 주제를 찾아야 한다. 이렇게 이야기하면 십중팔구 이런 말이 돌아온다.

"저는 특별한 직업도, 취미도, 스토리도 없는걸요."

우리는 모두 평범함 속에 특별함을 숨기고 산다. 그러니 자신의 특별함을 찾아 글로 쓰기만 한다면 평범함이 단번에 특별함으로 바뀔 수 있다는 사실을 기억하자.

《나는 아마존에서 미래를 다녔다》라는 책은 아마존에서 10년 이상 근무한 박정준 씨가 썼다. 아마존에 근무한 이야기를 책으로 남기면 유익하겠다는 생각에서 글을 쓰기 시작한 것이다. 하지만 그의 글쓰기는 처음에는 아주 딱딱한 이야기, 이를테면 아마존의 리더십과 경영에 관한 이야기와 정보로 채워졌다. 퇴근 후 조금씩 쓰기 시작한 지 몇 년이 지났을 때 그는 한 출판사와 계약을 맺었다. 그런데 처음부터 원고를 다시 쓰기로 했다. 왜였을까?

이미 아마존에 관한 객관적인 정보들은 넘쳐나고 있는데 거기에 또 이야기를 보탤 이유가 없었기 때문이다. 그래서 기존 원고와는 완전히 시각을 달리해 그 자신의 이야기들을 쓰기 시작했다. 아마존에서 근무한 자신만의 이야기 말이다. 평범함을 특별함으로 바꾸는 힘은 어쩌면 객관적인 사실보다 어떤 현상을 보는 다른 관점과 시각에 달려 있는지도 모른다. 그러니 같은 주제라도 관점과 시각을 달리해 우리 속의 특별함을 글로 써보자.

어떤 글을 쓰죠? 3

책 《따라 쓰기의 기적》에 나오는 이야기다. 오랫동안 책 쓰기 코치로 일한 송숙희 님이 강연에서 늘 듣는 질문 중 하나는 이것이란다.

"책을 잘 쓰는 사람은 따로 있나요?"

그녀의 대답은 예상외로 간단하다.

"덕질하는 사람, 덕후들이 잘 씁니다."

그러면서 덕후인지 아닌지를 가늠하는 세 가지 질문을 던진다.

"밥 먹는 것보다 좋아하는 게 있나요?"

"무엇을 잘한다고 소문났나요?"

"남들이 자꾸 묻는 게 있나요?"

이 질문에 얼핏 떠오르는 게 있다면 당신은 특정 분야에 덕후인 셈이다. 아주 사소하고 보잘것없는 분야의 덕후라도 상관없다. 중요한 건 내가 굳이 애쓰지 않아도 잘 아는 분야가 있다는 사실이니까.

나는 누구보다 상상하기를 좋아한다. 그래서 스스로를 '상상 덕후'라고 칭한다. 가끔은 말도 안 되는 상상을 하다가 동화 아이디어를 얻기도 하고, 그 상상이 우스워서 혼자 키득거리기도 한다.

그런가 하면 나는 '관찰 덕후'이기도 하다. 누군가를 관찰할 때 아주 세세한 표정과 손짓, 색깔들을 잘 기억한다. 특히 인상 깊은 사람이나 장면은 오랜 시간이 흘러도 꽤 정확하고 생생하게 묘사할 수 있다. 내가 오래전에 겪은 에피소드를 글로 써서 블로그에 올리면 이웃들은 기억의 세밀함에 깜짝 놀라곤 하는데, 그건 순전히 내가 관찰 덕후이기 때문에 가능한 일이다.

당신은 무슨 덕후인가? 계란말이를 누구보다 잘 만든다면 계란말이 덕후! 편의점 구경을 좋아한다면 편의점 덕후! 웹툰 보는 걸 좋아한다면 웹툰 덕후!

당신이 덕후인 분야의 글이나 그와 관련된 지식을 활용해보면 어떨까? 좋아하는 분야에 관해서는 할 말도 많고 쓰고 또 써도 계속 쓰고 싶어지니 글쓰기가 절로 즐거워질 것이다.

메모, 하시나요?

"하루하루가 똑같은데 새로운 글쓰기 주제가 있나요?"라
고 묻는 이들이 많다. 나는 대부분 과거의 해프닝들을 글
로 풀어쓰는데 이 또한 매일 번쩍번쩍 떠오르진 않는다.
그래서 메모를 하거나 브레인스토밍을 통해 추억을 건져
올린다. 물론 어떤 일은 주제가 선명하지 않아서 글로 풀
어낼 때 어려움을 겪기도 한다. 하지만 중요한 것은 메모
를 통해 쓸 주제가 많이 쌓이면 그만큼 마음이 든든해진다
는 사실이다.

다른 일을 하다가 문득 떠오른 이야기가 있다면 얼른 메
모해두자. 요즘은 스마트폰 메모장에 수시로 기록할 수 있
으니 굳이 노트와 펜을 꺼내는 수고도 필요 없다. 쓸 주제

가 떠올랐다면 짧게 5줄 이상 메모해두기만 하면 된다. 세세한 이야기 쓰기가 버겁거나 명확한 주제를 끌어내기 어렵다면 그냥 그대로 흘러가는 이야기로 남겨두는 것도 괜찮다. 일단 스스로 확보한 주제를 자신이 누구보다 가장 잘 표현할 수 있다는 믿음을 가지기만 하면 된다.

그런가 하면 '관점 달리하기'를 시도하면 쓸 주제가 절로 생긴다. 마르셀 프루스트가 이런 말을 했다.

단 하나의 진정한 여행은 낯선 땅을 방문하는 것이 아니라 다른 눈을 갖는 것, 다른 사람의 눈으로, 그것도 백 명이나 되는 다른 사람의 눈으로 우주를 보는 것, 그들이 저마다 보고 있으며 그들 자신이기도 한 백 가지 우주를 보는 것이리라.

이 말은 자신의 관점을 바꿔보라는 뜻이다. 이를테면 아이와 마찰이 있었던 이야기를 엄마인 내 관점이 아닌 아이의 시각에서 글을 써보면 어떨까? 화를 내는 엄마를 바라보는 아이의 시선을 상상해보면 완전히 다른 이야기가 펼쳐지지 않을까?

글쓰기를 생활화하면 뇌가 자신도 모르게 글 주제를 찾는 뇌로 변화한다. 이전에는 자신의 경험을 그저 단순한 해프닝으로 넘기거나 다분히 감정적으로 대응하는 식이었다면 글쓰기 뇌로 바뀌면서 '글로 어떻게 풀어낼까?' 혹은 '이 해프닝에서 어떤 주제를 끌어낼 수 있을까?'를 자연스럽게 생각하게 되는 것이다.

또한 관찰력이 점점 발달한다는 걸 체감할 수 있다. 나는 어릴 적부터 관찰력이 좋았는데 본격적으로 글을 쓰기 시작하면서 누구를 만나든 유심히 관찰하는 버릇이 더 강해졌다. 마치 소설가가 대상을 묘사하는 기분으로 상대를 관찰하다 보면 전혀 몰랐던 상대의 버릇과 눈빛, 말투 등 새로운 사실을 발견하곤 한다.

그러니 글쓰기 주제를 찾을 때는 일상 레이더를 활짝 열어 모든 것을 흡수한다는 마음가짐을 가지는 것이 좋다. 아이가 무심코 던지는 한 마디, 배우자의 몸짓, 지인의 하소연, 우연히 발견한 옛 편지…. 무엇이든 주제가 될 수 있기 때문이다. 또한 그 주제를 다양한 시각에서 생각해보기만 해도 글쓰기 주제가 순식간에 늘어난다.

서평은 어떻게 쓰나요?

서평은 달리 정해진 형식이 없다. 다만, 잘 쓴 서평은 분명 존재한다. 나의 블로그 이웃 중에도 책 리뷰를 깔끔하게 잘 쓰는 분들이 있다. 그분들의 특징을 살펴보면 다음과 같다.

첫째, 분야에 상관없이 저자가 하고자 하는 말을 잘 찾아낸다. 이는 책 내용을 꿰뚫고 전체를 조망하는 시각을 가졌다는 뜻이다.

나의 블로그 이웃 중 한 분은 늘 전체 조망 능력을 발휘해 리뷰를 쓴다. 덕분에 그분의 리뷰를 읽다 보면 시각이 트이고 선명한 설계도를 입체적으로 들여다보는 기분이

든다. 이처럼 부분에 집중한 나머지 미처 알아채지 못한 생각이나 시각을 친절하게 알려준다면 잘 쓴 서평이다.

잘 지어진 멋진 건물이 있다고 상상해보자. 대부분의 사람은 입구로 들어가서 1층을 구경하고 계단을 올라 2, 3층을 평면적으로 살펴본다. 잘 쓴 서평은 마치 건물을 볼 때 정면, 후면, 측면뿐만 아니라 하늘 위에서 건물을 내려다보며 건축가가 염두에 둔 것이 무엇인지 찾아내듯 책에서 새로운 그 무엇을 발견하게 해준다.

또한 탁월한 서평가들은 책 한 권을 읽으면서 스토리와 글만 따라가지 않고, 머릿속으로 끊임없이 질문을 던진다.

'그래서 하고 싶은 이야기가 뭐예요? 이 책으로 전달하고 싶은 핵심이 뭐냐고요?'

계속되는 질문은 대부분 해답을 데려온다. 그럼 결국 두꺼운 책 한 권을 짧게 요약할 수 있는 능력이 생긴다.

그러다 가끔은 저자의 말에 동의할 수 없는 대목에서 멈

취 서서 반박할 말을 찾기도 한다. 그 과정에서 자연스레 논리력이 발달하고, 근거를 찾기 위해 의식적으로 지식을 확장해 간다.

둘째, 주제를 소개한 다음 자기 생각과 경험을 곁들인다.

이는 비단 서평 글에만 적용되는 잘 쓴 글의 조건이 아니다. 독서의 목적은 '행동의 변화'이자 '삶의 변화'라는 말을 들어보았을 것이다. 내가 읽은 글이 단순히 글로 머무르지 않고 내 삶에 적용되어 삶을 바꾸고 생각의 수준을 끌어올리는 역할을 해야 한다는 뜻이다. 그린 의미에서 책을 통해 자신의 삶을 들여다보는 글이야말로 완성도 높은 글이라 할 수 있다.

셋째, 디테일에 강하다.

나의 또 다른 블로그 이웃은 진정한 독서가라고 부를만한 독서광이다. 그분은 아무리 두꺼운 소설책을 읽더라도 주인공은 물론, 등장인물들의 입장을 세세하게 리뷰에 담아낸다. 그러고 보면 현실 세계에서도 각자 속사정이 있고 행위의 목적이 있다. 다만 주인공, 즉 나의 시선으로 보기에 비중이 낮은 이들의 이야기에 귀 기울일 필요가 없다고 생각할 뿐이다.

하지만 독서광인 그분은 모두의 입장을 설명해주며 인과관계를 파악해보려 노력한다. 그분의 방식을 따르면 상대의 심리를 이해하고 공감 능력도 절로 높아질 것만 같다. 이처럼 디테일에 강한 리뷰는 내가 놓친 인물의 시각을 선물처럼 안겨주며 주인공이 아닌 다른 인물들을 다시한번 떠올리게 만든다. 그런 의미에서 좋은 리뷰는 또 다른 독서 활동이라고 할 수 있다.

만약 서평 쓰기에 익숙지 않다면, 책을 읽는 단계부터 의식적으로 질문을 던져보는 연습을 해보자.

'무슨 이야기를 하고 싶은 거죠?'

'왜 그래야 하죠?'

'어떻게 할 수 있는데요?'

질문하기가 끝났다면 서평에 책의 핵심 내용을 쓰고 그에 대한 본인의 생각을 곁들이자. 마지막으로 책 내용과 관련된 나의 경험과 지식을 덧붙여 글을 풍성하게 만들면 좋다. 혹은 저자의 의견이나 주인공의 생각과 행동에 동의할 수 없다면 자신만의 정중한 반박을 담아내는 것도 현명하다.

나는 보통 핵심이 되는 세 가지를 추려 나열하고 그에 대한 내 생각을 쓰는 방식을 선호한다. 이것이 여의치 않은 책이라면 개인적으로 가장 인상 깊은 대목을 뽑아 나열하기도 한다.

결국 서평 쓰기는 글을 쓰는 단계만을 뚝 잘라 말하는 것이 아니다. 책을 읽는 단계부터 '질문하기'를 통해 어떤 글을 쓸지 정하고 머릿속으로 정리하는 것이어야 한다. 책을 실컷 읽어놓고 그다음에 '서평에 뭐라고 쓰지?'라고 고민한다면 서평 쓰기는 절로 버거운 활동이 되고 만다. 그러니 책을 읽는 동안 끊임없이 질문하자!

글쓰기가 두렵다고요?

글쓰기에 대한 두려움은 곧 평가에 대한 두려움이라 할 수 있다. 누군가가 내 글을 읽고 나를 평가할까봐, 특히 나를 우습거나 하찮은 사람이라 생각할까봐 겁이 나는 것이다.

내가 동화 쓰기를 막 시작했을 무렵의 가장 큰 스트레스는 출판사에 투고하는 일이었다. 편집자들 눈에 내 동화가 얼마나 별로일까 싶어 극심한 불안이 몰려온 탓이었다. 그러다 원고 반려 메일이 도착하면 내 마음속에서 이런 말이 울려댔다.

'그래! 내 이럴 줄 알았다!'

그런데 어느 날, 우연히 인터넷에 올라온 글 한 편을 읽고 마음을 고쳐먹었다.

한 아이가 학교 시험에서 50점을 받고는 풀이 죽은 채 집에 왔다.

"엄마, 나는 수학을 참 못해요. 고작 50점이라니…. 얼마나 부끄러웠는지 몰라요. 친구들이 놀릴 때는 눈물이 나려는 걸 꾹 참았어요."

아이의 50점짜리 시험지를 보고 엄마도 처음에는 화가 났다. 하지만 눈물을 글썽이는 아이 얼굴을 보는 순간, 정신이 번쩍 들었다.

"엄마 말 잘 들어봐! 시험 점수는 네가 아니야!"

선뜻 알아듣지 못한 아이가 눈을 끔뻑이며 엄마를 쳐다봤다.

"그게 무슨 말이에요? 내 점수가 맞는데요?"

"시험 점수가 네 것인 건 맞지만, 너 자체는 아니란 말이야. 만약 점수가 너라면, 네가 50점을 받으면 50점짜리 사람, 100점을 맞으면 100점짜리 사람이란 말이잖아. 하지만 점수에 상

관없이 넌 항상 멋진 사람이야. 그러니 점수와 너를 분리해야
해! 엄마 말 이해하지?"

그제야 아이가 고개를 끄덕이며 해맑게 웃었다.

나는 글쓰기도 똑같은 방식으로 바라본다. 만약 누군가
내 글을 읽고 '글이 참 형편없네요. 틀린 부분도 많고 도대
체 무슨 말을 하려는 건지 이해하기도 힘들어요.'라는 독
설에 가까운 말을 했다고 상상해보자. 물론 기분이 좋을
리 없다. 부끄러워 도망가고 싶은 마음이 드는 것도 어쩔
수 없다. 하지만 그 평가는 나를 향한 것이 아니라 오로지
내 글을 향한 것이다. 글에 국한된 평가를 '나라는 사람에
대한 평가'라고 착각하지 말아야 한다는 뜻이다.

우리는 모두 훌륭한 요리사다. 이번에 선보인 나의 '갈비
탕'이 아쉽게도 맛이 없다면, 다음번엔 '탕수육'이나 '김밥',
'김치찌개'를 만들어 선보일 수 있다. 물론 그마저 맛이 없
다고 해도 상관없다. 남의 입맛엔 별로라도 내 입맛에 최
고라면 최소한 자기만족은 얻을 수 있으니까. 그러니 기죽
을 필요도, 두려워할 필요도 없다.

'글이 곧 내가 아니란 사실만 기억하면 된다!'

20대 초반에 필리핀에서 어학연수를 하면서 깨달은 사실 중 하나는 '실력이 낮을수록 좋을 수도 있다'라는 것이었다. 어학연수를 갈 당시, 나는 영어 회화를 웬만큼 할 수 있는 수준이었다. 그런데 막상 어학원에 가보니 겨우 중학교 1학년 수준이 될까 말까 하는 사람들도 예상외로 많았다. 그들과 그룹 수업을 하면 가슴이 답답해져서 절로 한숨이 새어 나올 정도였기에 나중에는 함께 수업하지 않으려고 일부러 피하거나 변명을 늘어놓기도 했다.

그런데 3개월이 흐르자 놀라운 일이 벌어졌다. 그들의 실력이 가장 급격히 향상된 것은 물론이고 6개월 후엔 공부에 탄력이 붙어 필리핀 선생님과의 소통에 어려움이 없을 정도가 된 것이다. 그에 비해 나의 실력은 향상 폭이 크지 않아 마치 제자리걸음인 것만 같았다.

글쓰기도 마찬가지다. 처음에 익숙지 않아서 문장이 허술하고 표현이 투박한 사람일수록 쓰면 쓸수록 실력이 눈에 띌 정도로 빠르게 향상된다. 몇 줄 쓰기도 힘들었던 사람이 한 단락을 쓰다가 어느새 A4 2장을 뚝딱 쓰는 수준으로 성장하는 것을 나는 여러 번 목격했다. 그러니 글쓰기가 어색한 사람일수록 무한한 가능성을 가졌다는 걸 잊지 말아야 한다. 상승 폭이 누구보다 큰 사람일 텐데 시도하지 않거나 중간에 포기해버린다면 너무 아깝지 않은가!

작가 헤밍웨이가 이렇게 말했다.

글 쓰는 것을 절대로 잊지 않을 것이다. 나는 글을 쓰려고 세상에 태어났고, 여태까지도 그래 왔고 앞으로도 그럴 것이다. 장편이든 단편이든 내 글에 대해 사람들이 하는 말에 조금도 개의치 않으리라.

이는 작가들도 늘 평가에 대한 두려움을 가지고 있다는 의미다. 그리고 이런 자연스러운 두려움에 어떻게 대처할 것인가는 온전히 우리 몫이라는 뜻이기도 하다. 헤밍웨이가 그들의 말에 조금도 개의치 않겠다 다짐한 것처럼 우리도 평가로부터 자유롭기 위해 의식적으로 노력해보는 게 어떨까?

한편 헤밍웨이는 이런 말도 했다.

어쨌든 그날 하루도 매우 기분 좋게 시작되었다. 오늘은 이만큼 썼으니 내일도 열심히 글을 쓰리라. 글쓰기는 나의 거의 모든 것을 치유해 주었고, 그것이야말로 내가 당시에도 믿었고 지금도 믿는 일이다.

두렵고 힘들고 어려운 글쓰기를 도대체 왜 해야 하는가에 대한 해답인 셈이다. 글쓰기를 통해 우리가 얻을 것이 수백 가지라면, 우리를 막아서는 것은 '두려움' 고작 하나뿐이다. 그 단단한 녀석을 넘어서기만 한다면 수백 가지 장점을 만날 수 있다. 그러니 부디 포기하지 말길 바란다.

글쓰기 모임은 어때요?

'빨리 가려면 혼자 가고, 멀리 가려면 함께 가라'는 말이
있다. 무수히 많은 자기계발서에 등장하는 말인데, 나 또
한 처음에는 그 말에 대고 코웃음을 쳤다.

'그 흔한 말을 누가 몰라? 쉽고 즐거운 모임도 많은데 하
필이면 글쓰기 모임에 참여하라고?'

'글쓰기는 지극히 개인적인 활동인데 왜 함께 써야 하
지?'

'멤버들에게 내 글을 보여주기 부끄러운데?'

당신 머릿속에 이런 생각들이 떠올랐단 걸 나는 잘 알고
있다. 글쓰기 모임에 관해 들었을 때 나도 똑같이 생각했
으니까. 하지만 나는 현재 1년 동안 글쓰기 모임에 참여하

고 있는데 계속하길 잘했다고 믿는다.

이 글쓰기 모임은 순수한 아마추어 모임이다. 우연히 모집 공고를 보고 참여할 당시 나는 동화책 2권을 막 출간한 초보 작가였기에 실력 면에서는 아마추어와 다름없었다. 나를 포함해 모두가 글쓰기를 진지하게 배워본 적이 없었고 글쓰기 강좌를 통해 책을 낸 적도 없었다. 다들 자신의 글이 비웃음을 당할까 걱정이라 고백했고 일기나 생활 글 수준이니 이해해달라는 말도 덧붙였다.

그럼 이런 부담감에도 불구하고 왜 굳이 사람들은 글쓰기 모임을 만들고 참여했을까?

각기 다른 이유를 밝혔지만, 결국 이유는 하나였다. 좀 더 나은 사람이 되고 싶다는 것!

참여했다가 도중에 포기한 멤버들을 제외하면 우리 모임의 기본 멤버는 15명 내외다. 규칙은 단 하나, 일주일에 한 편씩 비공개 밴드에 글을 올리는 것! 만약 올리지 못하면 벌금 만원을 입금하는 페널티가 있고 모인 벌금은 2달에 한 번 있는 오프 모임 식사 비용으로 사용된다.

그럼 함께 써서 좋은 점은 무엇일까?

의무감을 가지고 일주일에 한 편씩 꼭꼭 쓰게 된다는 점!

일요일 밤 12시가 통상적인 마감 시간이라 다들 글을 쓰기 전까지 무슨 주제로 쓸지 고민한다. 그러다 금요일쯤 되면 압박감을 느끼고, 일요일 저녁에는 무슨 일이 있어도 컴퓨터 앞에 앉아 글을 짜낸다.

대체 이렇게 글을 쓰는 것이 무슨 소용일까 궁금하지 않은가? 한 달이면 4편의 글이 완성되고 1년이면 48편의 글이 모인다. 나는 보통 에세이 한 권당 40꼭지를 기본으로 하기에 단순 계산만 하더라도 1년에 에세이 한 권은 거뜬히 쓸 수 있다는 뜻이다. 만약 글쓰는 횟수를 늘린다면 훨씬 짧은 시간 안에 한 권을 완성할 수도 있다.

글쓰기 모임으로 만들어진 습관 덕분에 나는 매일 한 편씩 글을 써서 블로그에 올렸다. 그렇게 모인 글로 첫 책 《저는 후보 3번입니다만…》을 시작으로 《오늘도, 별일은 없어요〉, 《공감의 온도》, 《이런 경험 나만 해봤니?》를 연속 출간했다. 그뿐만 아니라 나를 제외한 다른 멤버 두 분도 올해 책을 출간했고 또 다른 멤버 한 분의 책도 곧 출간 예정이다.

그럼 책을 출간하지 않은 멤버들은 무의미한 글쓰기를 했을까? 전혀 아니다! 그 멤버들의 글 또한 꾸준히 발전하고 있고 늘 책으로 엮어낼 글을 쓰기 위해 고민한다. 그리고 무엇보다 그 성장 과정 속에서 스스로를 훨씬 더 근사한 사람이라 느끼게 되었다고 말한다. 그러니 불과 1년 만에 우리는 가시적인 성과는 물론 자존감을 끌어올리려던 소기의 목적을 달성한 셈이다.

그러니 어떤 일이든 오래 지속하고 싶다면 누군가와 함께하는 것이 좋다. 그리고 이왕이면 끈기 있는 멤버 2~3명이 중심을 잡아주는 모임에서 함께 하라.

한 번의 글쓰기로는 어떤 변화도 없는 듯 보이지만, 6개월, 1년이 쌓이면 그 안에서 커다란 변화를 경험하게 된다. 1년 전 나와는 전혀 다른 나를 발견하는 기쁨을 경험할 수 있다.

만약 마땅한 모임이 없다면 스스로 멤버를 모아 꾸려나가는 것도 좋은 방법이다. 그리고 오프라인 모임이 부담스럽다면 온라인 모임으로 대체해도 좋다. 결국 하고자 하는 의지만 있다면 생각보다 방법은 다양하고 가능성 또한 활짝 열려있다는 것을 잊지 말자.

그럼 글쓰기 모임을 유지하는데도 주의점이 있을까?
내가 생각하는 주의점은 다음과 같다.

첫째, 타인의 글을 함부로 평가하지 마라.
우리 멤버들 중에는 진지하게 자신의 글에 피드백을 원하는 사람들도 있다. 하지만 다들 각자 스타일과 생각이 있기 때문에 오해나 상처가 될 수 있고 자칫 잘못하다간 모임 분위기를 해칠 수도 있기에 평가 하기에 관해서는 조심하는 경향이 있다.

그러니 가장 현명한 방법은 가급적 평가를 하지 않는 것을 원칙으로 하되, 피드백을 간절히 원하는 멤버들은 적극적으로 다른 멤버에게 요청해서 받는 것이다.

둘째, 규칙을 명확히 하라.

어떤 모임이나 규칙이 명확하면 갈등도 적다. 일주일에
한 편씩 글쓰기가 규칙이라면 정확한 요일과 시간, 페널티
를 밝히는 것이 기본이다. 개인적인 일로 글쓰기를 쉬고자
할 때도 '좋은 게 좋은 거다'식으로 두루뭉술하게 넘어가는
방식은 갈등의 불씨가 된다. 따라서 멤버들의 의견을 취합
하여 규칙을 정하고 리더는 규칙을 엄격하게 적용하는 것
이 좋다.

셋째, 지나친 친분을 쌓지 마라.

물론 인간적인 호감으로 따로 만나거나 친분을 표현할
수는 있다. 하지만 정기 모임 이외에 지나친 친분을 쌓는
멤버들이 생기면 모임 자체의 긴장감을 떨어뜨릴 수 있다.
그러다 자칫 그룹이 나뉘고 소외감을 느끼는 멤버들이 생
기면 모임을 지속하기 힘들어지고 만다.

넷째, 서로 격려를 아끼지 마라.

마음에도 없는 칭찬을 하라는 의미가 아니다. 서로의 장점을 부각시키는 말을 자주 하라는 뜻이다. 이는 온라인 모임만으로는 한계가 있기에 정기적인 오프라인 모임을 통해서 하는 것이 훨씬 효과적이다.

다섯째, 서로를 시기하는 대신 신선한 자극으로 받아들여라.

글쓰기 스타일이나 실력, 혹은 가시적인 성과 유무에 따라 멤버들 간 비교하는 마음이 생길 수도 있다. 하지만 시기심으로 멤버를 깎아내리기보다 스스로를 위한 신선한 자극으로 받아들이는 편이 훨씬 낫다. 가까운 누군가에게 자극을 받고 글쓰기에 박차를 가할 수 있다면 그 또한 큰 행운이기 때문이다.

글쓰기 시간을 확보했나요?

글쓰기에 관한 책을 읽고 당신이 큰 깨달음을 얻었다고 가정해보자. 우선 마음속으로 수없이 되뇌일 것이다.

'그래, 나도 써야지. 쓰려고 마음먹으면 쓸 말은 많아. 꾸준히 쓰다 보면 나도 언젠가 책을 출간할 수 있겠지.'

그런데 당신의 현실은 어떤가?

'오늘도 시간이 없었네. 내일은 시간 낭비하지 말고 꼭 써야지. 하지만 할 일이 이렇게 많은데 도대체 어떻게 글 쓸 시간을 만들라는 거야?'

슬쩍 짜증이 밀려온다. 즉각적인 변화를 기대할 수 없는 글쓰기를 위해 드라마나 영화를 보는 즐거움을 포기해야 하고, 유튜브를 보고 SNS를 확인하는 기쁨도 내려놓아야 한다니, 생각할수록 억울하다.

　그럴 때는 나탈리 골드버그의 일침을 기억하자.

　"사람들은 말합니다. '저도 글을 쓰고 싶긴 한데 아이도 여럿이고, 온종일 직장에 매여 있고, 집에서는 맨날 구박을 당하고, 부모님이 진 빚도 엄청나고…' 그 이유가 끝이 없어요. 그러면 나도 그들에게 말합니다. '다 핑계예요. 정말 쓰고 싶다면 쓰세요. 이건 당신 인생이잖아요. 그러니 책임을 지세요. 천년만년 살 것도 아닌데 언제까지 기다릴 건가요?'"

　내일, 다음 달, 내년…. 그렇게 당신이 미룬 일만 해도 엄청나지 않은가? 글쓰기도 그중 하나일 게 분명하다. 나탈리 골드버그의 말처럼 '언제까지 기다릴 건가요?'라고 스스로에게 물어보는 건 어떨까?

　나의 블로그 이웃 중에는 아침 5시부터 10시 사이에 글을 쓰는 사람들이 많다. 아침에 시간이 많아 가능한 게 아니냐고 묻는다면, 절대 아니다. 오히려 아주 바쁜 사람들인 경우가 많다.

　매일 반복하는 스케줄을 그대로 유지한 채 글 쓸 시간을 확보하기란 그리 쉽지 않다. 이미 습관처럼 굳어진 일들을 포기하는 것이 간단하지 않기 때문이다. 따라서 일정한 시간을 확보하기 위해서는 무엇보다 자신의 하루를 관리하는 능력이 필요하다.

　나의 블로그 이웃 중 한 분은 2시간 간격으로 본인이 한 일을 기록한다고 한다. 이는 무의미하게 흘려보내는 시간을 유익한 시간으로 바꿀 수 있는 가장 현실적인 방법일 것이다. 일단 기록의 압박을 느끼면 몸이 절로 움직인다. 그러다 보면 낭비하는 시간이 줄어들고 그렇게 확보된 시간에 글을 쓰거나 책을 읽을 수 있다. 이런 선순환이 계속될수록 시간을 알차게 사용할 가능성이 커지고 삶의 만족도도 자연스레 올라갈 것이 분명하다.

　시간이 진짜 없는지를 확인하기 위해서 자신이 한 일을 기록해보라. 그럼 놀랄 만큼 많은 시간을 허비하고 있다는 사실을 깨달을 것이다. 하루에 1~2시간만 글쓰기에 투자한다는 마음으로 시간을 확보하다 보면 삶이 더욱 의미있게 느껴질지 모른다. 설령 큰 의미를 발견하지 못하더라도 최소한 하루에 한 가지, 즉 글쓰기라는 유익한 활동을 한다는 만족감은 얻을 수 있지 않을까?

한편 직장을 다니는 이웃들은 대부분 퇴근 후 저녁에 글을 쓴다. 업무 외 여가 시간을 운동과 독서, 글쓰기에 배분하고 매일 알차게 꾸려 나가다 보니 그들은 새롭게 도전하는 일에도 주저함이 없다.

우리가 글을 쓰지 못하는 것은 시간이 없어서가 아니다. 시간을 만들지 않기 때문이다. 만약 개인적인 즐거움을 포기하고 싶지 않다면 나머지 낭비되는 시간을 잡아라. 그 시간에 매일 글을 써서 차곡차곡 쌓기만 하면 된다. 매일 글 쓰는 시간을 갖는 것, 꽤 고급스럽고 유익한 취미 생활이지 않은가?

글쓰기를 소문냈나요?

'글쓰기가 여전히 부담스러운데 소문까지 내라고요?'라는 생각이 먼저 들 것이다. 하지만 일단 소문을 많이 낼수록 주변인들이 나의 글쓰기에 관련된 모든 활동들을 당연한 것으로 받아들이기 쉽다.

나는 30대에 출산과 육아를 경험하며 깊은 우울감과 싸웠다. 내가 사라지는 기분, 내 존재가 하찮게 느껴지는 기분과 싸우다 보면 매일 밤 어김없이 자괴감이 몰려왔다. 그래서 책이라도 읽자는 심정으로 서평 이벤트에 도전했고 그 덕분에 줄기차게 서평을 썼다.

물론 처음에는 가족을 비롯한 주변인들의 말에 상처 아닌 상처를 받곤 했다.

"왜 그렇게 책을 열심히 읽어?"

"누가 보면 고시라도 준비하는 줄 알겠네."

"그 열정으로 공무원 시험이라도 준비하는 게 어때?"

책을 읽고 서평 쓰는 일은 당장 경제적인 이익을 가져오지 않기에 누군가의 눈에는 지극히 하찮아 보일 수도 있다. 하지만 그 시간은 내가 자아를 찾는 시간이자, 나 자신을 위로하는 시간이었다. 그러니 더 돈이 될 만한 일, 더 미래를 보장해주는 일을 하라고 말하는 주변인들의 압박이 거셀수록 나만의 내공을 쌓는 시간을 당당히 챙길 필요가 있다.

"난 책을 읽을 거야. 돈이 들지 않는 서평 이벤트에 참여해 공짜로 책을 받고 서평을 쓸 거라고. 그러니까 여기에 관해서 어떤 부정적인 말도 하지 마!"

"나 이제부터 글을 써볼 거야. 글로 돈을 벌겠다는 게 아니라, 그냥 뭐라도 꾸준히 써보겠다는 거야. 그저 몇 시간만 내가 글쓰기에 온전히 집중할 수 있게 해줘."

물론 몇 번의 비아냥과 한심하다는 눈빛을 받을 수도 있다. 그럴 때 기죽으면 안 된다. 절대 물러서면 안 된다. 그 누구도, 설령 가족이라 할지라도 나만큼 나를 이해해줄 사람도, 나 대신 내 시간을 지켜낼 사람도 없기 때문이다.

솔직히 고백하건대, 나는 몇 번 기가 죽은 적이 있다. 그들의 현실적이고 경제적인 조언에 귀가 솔깃해져, '그래, 책을 읽는 게 무슨 소용이야, 글을 써서 뭐 하겠어'라고 생각했었다. 그런데 지나고 나니 그 몇 번도 진한 아쉬움으로 남는다. 스스로를 더 믿고 지지해줄걸, 남들이 뭐라든 귀 닫고 못 들은 척할걸, 하는 생각들이 뒤늦게 들었기 때문이다.

그러니 이 책을 읽는 분들은 부디 글쓰기든 책 읽기든, 하물며 당신이 좋아하는 어떤 취미 생활이든 당당하게 이야기하면 좋겠다. 가족과 지인들의 허락을 받으라는 것이 아니라, 스스로 당당해져 마음의 평안을 얻으라는 뜻이다. 그래야 더 강력하게 스스로를 지지하고 지켜낼 수 있으니까.

필사는 어때요?

나는 매일 아침, 동화 필사를 블로그에 올린다. 길게도 아니고 딱 10분 정도만 투자하기에 부담도 없고 지속하기도 좋다. 이건 어디까지나 나를 위한 활동이지만 필사 내용을 읽는 이웃들이 있기에 더 열심히 하게 된다. 특히 유명한 단편 동화를 매일 조금씩 손 글씨 사진으로 접하니 다들 필사 읽는 재미가 쏠쏠하다고 말한다.

'필사를 왜 하나요?'라는 질문을 꽤 여러 번 받았다. 일단 필사는 내가 따라 하고 싶은 문체를 모방할 수 있어서 좋다. 천천히 따라 쓰다 보면 어느 순간 멋진 문장이 내 손끝에 달라붙는 착각이 들기도 한다. 그뿐만 아니라 인문학

책의 경우에는 내용이 깊이 있게 와닿고, 기억에도 오래 남는 효과가 있다.

옛날 우리 선조들은 늘 책을 베껴 쓰고 소리 내어 낭독하여 학문을 익혔다. 그중 베껴 쓰기가 바로 필사고 필사는 손을 움직이는 운동이자 마음에 문장을 새기는 공부라 할 수 있다. 그런 측면에서 필사는 적극적인 독서이면서 동시에 글쓰기인 셈이다.

만약 좋아하는 작가가 있다면 그 작가의 책을 필사해보라. 읽으며 느꼈던 감동과 쓰면서 느끼는 감동이 얼마나 다른지 알게 된다. 기억에 남는 정도도 확연히 다르다는 걸 직접 확인할 수 있다.

필사를 꾸준히 하고 싶다면 함께하는 모임을 만들거나 매일 블로그나 카페에 올리겠다고 공표하면 좋다. 의무감이 생겨 더 열심히 할 수 있고 성공한 날은 스스로가 대견스러워진다. 그뿐만 아니라 이웃들의 칭찬을 받을수록 자존감이 올라가고 결국 삶이 긍정적으로 변하게 된다.

독자를 상상하나요?

나는 블로그에 글을 쓸 때 내 또래의 누군가에게 이야기한다고 상상한다. 그러니 어쩌면 나보다 경험이 풍부하신분들이 내 글을 읽으면 '네가 아직 경험이 부족해서 그런거야.'라고 생각할 수도 있다. 그런가 하면 한창 어린 분들이 보면 '나이 들면 그런 거예요?'라고 신기해할지도 모른다. 어쨌든 내가 쓰는 글은 내 또래들이 공감할만한 이야기이자 경험들이라, 나는 그들과 대화하듯 내 이야기를 풀어낸다.

만약 내 글을 읽을 대상을 상상하지 않으면 어디까지 설명하고 어디까지 표현해야 할지 애매해지고 만다. 그러니블로그 글은 물론 책 쓰기도 가급적 대상을 상정해놓고 쓰는 편이 낫다.

그리고 또 하나, 누군가에게 말하듯 쓰면 글이 부드럽고 매끄러워진다. 우리가 쓰고자 하는 글이 논문 같은 딱딱한 글이 아닌 이상 가독성이 좋아야 한다는 건 누구나 공감할 것이다. 가독성이 좋다는 말은 글을 읽었을 때 막힘없이 잘 흘러간다는 뜻이다. 그러기 위해서는 한자어나 어려운 단어가 아닌 쉽게 접할 수 있는 단어들로 자연스럽게 글을 쓰는 연습이 필요하다.

쓰고 싶은 것을 쓰나요?

블로그 글쓰기를 지속하기 위해서는 무엇보다 본인이 쓰고 싶은 글을 써야 한다. 남들이 쓰는 글과 주제를 따라 하다 보면 금세 지치고 길을 잃기 쉽다.

하루에 100개씩, 10일을 지속하긴 쉽다. 하지만 하루에 10개씩, 100일을 지속하는 일은 어렵다. 100일을 지속하기 위해서는 내 몸에 맞는 옷을 입듯 쓰고 싶은 글을 써야 한다. 이를 위해서는 우선 스스로를 탐구해서 잘 알 필요가 있다.

예를 들어 지금의 나는 초등학교에 다니는 아이를 키우는 엄마이다. 젊은 시절 필리핀 어학연수를 다녀왔고 학원에서 아이들을 가르쳤으며 교생 실습 경험이 있다. 중간중간 이상한 아르바이트를 해봤고 채팅이 활발하던 20대 시절에 번개 경험도 많다. 우연히 동화작가가 되어 동화를 쓰고, 책 읽기를 좋아해 독서 모임을 하며 글쓰기가 좋아 글쓰기 모임도 한다. 영어와 중국어 온라인 스터디에 참여 중이고 오랫동안 서평 쓰기를 해왔다.

이렇게 내 경험들을 늘어놓으면 사람들은 나를 일명 '경험 부자'라고 한다. 하지만 나는 경험이 절대적으로 부족하다고 믿어왔다. 블로그 글쓰기를 하기 전까지는 말이다.

내가 쓰고 싶은 글은 나에 관한 것과 나의 경험에 관한 것뿐이었다. 그래서 직접 몸으로 부딪친 것들, 직접 느낀 것들을 하나씩 끌어올려 글로 풀어냈고, 그 덕분에 공감해주는 블로그 이웃들이 점점 늘어났다. 나의 경험을 담은 글들을 읽고 그들이 종종 하는 질문들이 있다.

"어쩜 그런 신기한 경험을 하셨어요?"

"어떻게 그렇게 세세하게 기억하세요?"

이런 말들을 들을 때마다 나는 기분이 좋았다. 별다른 경험을 하지 못하고 산 것 같았는데 예상외로 신기한 경험을 많이 한 사람이었고, 기억력이 지독히 나쁘다고 믿었는데 인상적인 장면은 세세한 것까지 잘 기억하는 사람이란 걸 뒤늦게 블로그 이웃들 덕분에 깨달았다.

　블로그 글쓰기를 통해 지나간 일을 다시 곱씹으며 반성하는 기회도 늘었다. 가끔은 아주 부끄러운 흑역사까지 글로 담아내며 지난 시간을 되돌아보았다. 물론 그런 글을 쓰기 위해선 용기가 필요하지만 일단 쓰고 나면 글을 통해 자신을 더 깊이 이해하게 된다.

　이 책을 읽는 분들은 아마 나보다 훨씬 많은 경험과 세세한 기억력, 긍정적인 마인드까지 가지고 있을 것이다. 그럼 쓸 이야기가 넘쳐날 테니 그저 쓰기만 하면 된다. 남을 위해서가 아니라 자신을 위해서, 내가 쓰고 싶은 걸 써보길 바란다. 그 글들이 모이면 결국 스스로를 더 좋아하게 될 테고 그 값진 경험을 누군가에게 말해주고 싶어질 것이다. 그러면 요새 어디서든 쉽게 들을 수 있는 말인 '선한 영향력'을 발휘하게 될지도 모른다. 그러니 일단 쓰고 싶은 글을 블로그에 꾸준히 써보자.

간혹 "시작이 어려워요!"라고 호소하는 사람들이 있다.

그들 중 절반은 쓰고 싶은 주제나 소재가 불분명한 경우이고 나머지 절반은 완벽한 글을 쓰고 싶은 경우일 것이다. 전자라면 주제와 소재를 찾기만 하면 되고 후자라면 일단 쏟아내 보면 된다.

수십 권의 책을 집필한 최재천 교수는 이렇게 말했다.

일단 쏟아내야 합니다. 머릿속에서 완벽하게 만들어서 꺼내놓기보다 우선 꺼내놓고 글을 고치는 것이 천 배 만 배 탁월한 전략이에요. 문장력이나 글솜씨에 대한 걱정은 집어 던지세요. 글의 내용이 중요하지, 형식이나 문장력은 그다음이에요.

완벽한 생각과 문장을 꺼내놓는 사람이 몇이나 될까? 그저 꺼내놓다 보니 생각이 분명해지고 계속 쓰다 보니 문장이 괜찮아지는 경우가 훨씬 많다. 그러니 일단 쏟아내 보자. 혹시 아는가? 그 속에 진주 같은 아이디어가 숨어있을지.

글쓰기를 즐기나요?

　쓰고 싶은 주제가 생각나 가슴이 팔랑거리다가도 막상 글을 쓰기 시작하면 막다른 골목에 덩그러니 선 듯 갑갑해지곤 했다. 그런데도 나는 이를 악물고 블로그에 글을 썼다. 쓰는 동안에는 괴로워 온몸을 비틀거나 재능 없는 내게 비난의 말을 늘어놓기도 했다. 그러다 막상 글쓰기가 끝나면 가벼운 마음으로 나를 토닥여주었다.

　천재 작가도 글쓰기가 항상 즐겁냐는 질문을 받으면 당연히 아니라고 할 것이다. 그러니 우리 같은 평범한 사람들이 글쓰기라는 어려운 과업을 수행하며 항상 즐겁기란 사실상 불가능하다.

　하지만 그럼에도 계속하다 보면 어느 순간엔 짜릿한 즐

거움을 맛볼 수 있다. 물론 가뭄에 콩 나듯 드문 일이긴 하지만, 키보드를 치는 손이 머릿속 이야기 속도를 따라가지 못하는 신기한 경험을 하는 날이 올 것이다. 그럴 때면 마치 대단한 역작이라도 쓰고 있는 것처럼 가슴이 설레어 행복해진다. 나는 그 찰나적인 짜릿함을 생생하게 기억하려 애쓰며 그 순간을 최대한 즐기려 노력한다. 그래야 대부분의 괴로운 시간을 견딜 수 있기 때문이다.

나는 매일 아침 블로그에 글 한 편을 쓰고 나서 아침을 먹는다. 사실 글을 쓰는 시간보다 노트북을 닫는 시간과 아침을 먹는 시간이 가장 행복하다. 어쩌면 글을 쓰고 난 후의 그 통쾌한 즐거움을 얻기 위해 글을 계속 쓰는 건지도 모른다.

그러니 만약 글쓰기의 괴로움을 견디기 힘들다면 나처럼 글쓰기 이후에 하는 일에서 즐거움을 찾아보는 건 어떨까? 당신이 영화나 드라마 보는 걸 좋아한다면 글 한 편을 쓰고 나서 선물처럼 그 시간을 주면 된다. 글 한 편을 써낸 기특함이 더해져서 글을 쓰지 않았을 때보다 훨씬 각별한 재미를 느낄 수 있을 것이며 만족감으로 가득 찰 것이다.

글 쓰는 순간들마다 즐거우면 얼마나 좋을까? 만약 그렇지 않다면 괴로움을 이겨낸 후에 맛볼 수 있는 달콤한 즐거움이 글쓰기를 지속할 수 있는 최고의 동력이 되게 하라.

변화를 믿나요?

소설가 도리스 베츠가 이렇게 말했다.

글을 쓰면서 생계를 꾸려 나가기는 힘들다. 하지만 삶을 꾸리기에는 더없이 좋다.

우리나라에서 작가라는 직업만으로 경제적 풍족함을 누리는 사람은 극소수에 불과하다. 나머지는 다른 직업을 가진 채 아르바이트나 취미로 글을 쓰며 산다.

글을 써서 밥을 먹고 살긴 힘들어도 삶을 꾸리기엔 글만한 것이 없다. 나와 타인을 이해하게 되고 내 삶에 일어나는 크고 작은 사건들의 의미를 스스로 부여할 수 있기 때문이다. 생각해보라. 우리 삶에 휘몰아치는 사건들에 관해 진지하게 고민할 수 있는 방법이 얼마나 있는지. 그저 타성에 젖어 내 삶이 어디로 흘러가는지 생각해보지 않고 삶 자체를 무의미한 사건들의 연속쯤으로 여기며 살고 있지는 않은가?

나는 블로그에 글을 쓰기 위해 내 삶의 크고 작은 사건들을 하나씩 들여다보고 각각의 의미를 되짚어 보았다. 그 과정에서 가끔은 뒤늦은 깨달음을, 또 가끔은 놀랄만한 통찰력을 얻기도 했다. 그리고 무엇보다 내 삶에서 만나는 사람들과 사건 중에 무의미한 것은 없다는 결론도 얻었다. 그들은 내게 긍정적이든 부정적이든 깨달음을 주기 위해 존재했고 깨달음을 언제, 어디서, 얼마나 얻느냐는 온전히 나의 몫이라는 사실도 알게 되었다.

또한 나의 가족은 물론 나 스스로에 대해 가지고 있던 부정적인 생각과 판단들도 바로 잡을 수 있었다. 그건 순전히 글을 쓰면서 일어난 내면의 변화였다.

'글을 쓴다고 삶이 크게 변하겠어?'라고 나도 종종 자신에게 묻곤 했다. 그러다 직접 변화를 경험한 후, 이전에 내가 책에서 찾은 대답들이 맞다는 걸 알게 되었다. 글쓰기로 삶은 변한다! 대단한 명성을 얻거나, 돈을 많이 벌거나, 그도 아니면 영적인 존재가 되는 식의 놀랄만한 변화는 아닐지라도 최소한 스스로를 더 좋아하게는 된다.

어릴 적부터 나는 자신을 그리 좋아하지 않았다. 어려운 일에 직면했을 때 내가 나를 돕고 구하는 것은 생존본능처럼 당연한 것으로 여겼지만, 마음 깊숙한 곳에 대고 '넌 네가 좋아?'라고 물으면 선뜻 긍정의 대답을 내놓기 힘들었다. 못난 점투성이인 것 같았고, 잘하는 건 하나도 없어 보였으며 성격마저 모나고 심통 맞아 보였기 때문이다.

그런데 글을 쓰면서 서서히 이해하게 되었다. 내가 왜 못나 보였는지, 잘하는 게 있는데도 왜 무능해 보였는지, 심통 맞은 성격은 왜 갖게 되었는지. 내가 나를 이해한다는 것은 나에게 위로를 건네고, 나를 보듬는 일이다. 그 덕분에 남들이 아무리 칭찬해도 채워지지 않던 내 마음이 비로소 채워지기 시작했고, 남들의 평가에도 그리 연연해하지 않게 되었다. 그리고 무엇보다 나 자신과 잘 지내고 싶었던 오랜 바람이 조금씩 이루어지고 있다. 거창한 변화 대신 소소한 변화를, 외적인 성과 대신 내적인 성과를 기대하며 글을 써보면 어떨까? 쓰면 쓸수록 당신은 스스로를 더 잘, 그리고 깊이 있게 이해하게 될 것이다.

일단 시작했나요?

독일 심리학자 자이가르닉의 이름을 딴 '자이가르닉 효과'라는 것이 있다. 실험에서 한 그룹은 일을 모두 끝내게 하고, 다른 그룹은 중간에 중단하게 했을 때, 두 번째 그룹이 실험에서 진행한 일을 더 자세히 기억한다는 결과에서 비롯된 것이다. 이는 미완성의 일, 마치지 못한 일을 더 자세히 기억하는 것은 물론이고 마음속에서 쉽게 지우지 못하고 집착하게 된다는 뜻이다.

우리는 '언젠가는 해보겠지' '내년에는 시작해야지' 혹은 '마음에 여유가 생기면 해봐야지'라는 식의 계획들을 늘 마음에 품고 산다. 하지만 우리가 기다리는 완전한 타이밍은 결코 쉽게 오지 않거나 영원히 오지 않는다. 그러니 그 불

확실한 타이밍을 기다리기보다 그냥 시작하는 편이 낫다. 그럼 단번에 '자이가르닉 효과'가 그 일을 지속하게 만들 테니까 말이다.

'일단 시작했으면 어떻게든 해봐야지.'라는 생각이 들 것이고 시작할까 말까를 생각하는 대신 앞으로 어떻게 지속할까를 고민하게 된다. 그렇게 되면 불필요하게 에너지를 낭비하지 않고도 글쓰기를 계속할 가능성이 훨씬 커진다.

짧은 글을 블로그에 올려보자. 당신의 일상이든 관심사든 경험이든 어떤 것이라도 좋다. 처음은 누구나 미약하니 특별함을 기대하지 말고 그냥 시작해라. 마치 계단식으로 발전하듯 한동안은 가시적인 성장이 없는 듯 보일 수도 있다. 글을 10개나 썼는데 발전이 없다는 식의 불만이 내면에서 터져 나오는 것 또한 아주 당연한 일이다.

그러다 한 2~30번째 글을 올릴 때, 문득 반짝이는 아이디어 하나가 당신에게 말을 걸지도 모른다.

'오늘은 그때 그 일을 글로 써볼까?'

'책에서 봤던 멋진 표현을 오늘 글에 꼭 써볼 거야.'

'오늘은 최소한 10줄 이상 글쓰기에 도전하는 건 어떨까?'

무수한 아이디어 중에서 하나를 골라 적용해보라. 그럼 갑자기 글쓰기가 재미있어지고 다음에 적용할 아이디어를 탐색하는 스스로를 발견하게 될 것이다.

이 모든 즐거움을 얻기 위해서 당신이 할 일은 딱 하나뿐이다.

일단 블로그에 첫 번째 글을 써라!

2장

블로그로 책 쓰기 실전편

100일 동안 A4 반 장 쓰기에 도전하세요

책 《나는 나무에게 인생을 배웠다》에 '유형기'라는 말이 나온다.

막 싹을 틔운 어린나무가 생장을 마다하는 이유는 땅속의 뿌리 때문이다. 작은 잎에서 만들어낸 소량의 영양분을 자라는 데 쓰지 않고 오직 뿌리를 키우는 데 쓴다. 눈에 보이는 생장보다는 자기 안의 힘을 다지는 데 집중하는 것이라 볼 수 있다. 어떤 고난이 닥쳐도 살아남을 수 있는 힘을 비축하는 시기, 뿌리에 온 힘을 쏟는 어린 시절을 '유형기'라고 한다.

- 우종영, 《나는 나무에게 인생을 배웠다》

어떤 일을 100일 동안 꾸준히 한다고 가정해보자. 처음 며칠은 들끓는 열정으로 나름 재미와 설렘을 가지고 할 수 있다. 하지만 20일을 넘어서고, 30일쯤 지나면서 문득문득 의심이 들기 시작한다.

'이렇게 열심히 썼는데 내 실력은 그대로인 것 같아.'

나도 처음에 블로그 100일 글쓰기를 할 때 똑같은 생각을 했다. 어떤 발전도 없는 상태로 무의미하고 고통스러운 일을 지속하고 있는 기분!

그런데 지나고 보니 그 100일이 나의 '유형기'였다. 외적인 성장이 아닌 뿌리를 키우는 시기, 그래서 땅에 튼튼하게 내 몸을 지탱하게 만드는 결정적인 시기! 물론 그 시기는 지나 봐야 깨닫고 느낄 수 있다. 그리고 그 때문에 많은 이들이 100일을 채우지 못하고 중간에 그만둔다. 발전이 전혀 없다고 느끼기 때문이다.

블로그 글쓰기를 시작하는 이들이나 블로그를 통해 책을 쓰고자 하는 이들에게 첫 번째 관문은 단연 '100일 글쓰기'다. 일단 100일 동안 쓰고 나면 유형기를 지나 성장을 위한 준비를 마치게 된다. 글쓰기가 제법 몸에 익게 되고 101일째, 아무것도 쓰지 않으면 몸이 근질거리거나 해야 할 일을 하지 않은 찜찜함까지 느낄 수 있다. 이렇게 글쓰기를 습관으로 만들고 나면 분량을 늘려 쓰거나 새로운 주제를 찾아 쓰는 일이 전보다 훨씬 수월해진다. 글쓰기 근육이 탄탄하게 만들어진 덕분이다.

물론 100일 글쓰기에도 주의할 점은 있다.

첫째, 분량은 (일반적으로 글자크기 10포인트, 줄간격 160% 적용했을 때) A4 반 장 정도가 적당하다.

블로그에 글을 바로 쓰는 분들이 많은데 나는 가급적 한글 문서에 먼저 쓸 것을 추천한다. 맞춤법을 고칠 수 있다는 장점 외에도 글자 수를 비롯한 분량을 정확하게 측정할 수 있기 때문이다. 그러니 한글 문서에 A4 반장 분량의 글한 편을 써서 매일 블로그에 올리는 것을 원칙으로 하자.

둘째, 같은 시간에 쓴다.

글 쓰는 시간을 정해놓으면 글쓰기가 우선순위에서 밀

려나지 않는다. 그러지 않으면 다른 일에 밀려 후순위가 되어버리고, 100일은커녕 단 일주일도 지속하지 못하고 만다. 그러니 웬만하면 블로그 글쓰기 시간을 정해놓고 일 정한 시간에 글을 발행하도록 한다.

셋째, 무조건 쓴다.

이것은 100일 글쓰기뿐만 아니라 블로그 글쓰기의 핵심이다. 우리는 하루 평균 150가지 이상의 선택을 하며 산다. 커피를 마실지 말지, 어떤 커피를 마실지, 전화를 할지 말지와 같은 소소한 선택들부터 업무와 관련된 중요한 선택들까지 해야 하고 이 모든 선택들이 알게 모르게 우리를 피곤하게 만든다. 이런 피곤을 덜고 삶을 평온하게 만드는 비법은 무엇일까? 꼭 해야 하는 일들을 지속적으로 반복해 '선택'이 끼어들 틈을 주지 않는 것이다. 그럼 '할까 말까'는 아예 생각하지 않게 되고 그저 '어떻게 할까'만 고민하게 된다.

그러니 글쓰기 근육을 단련하기 위해 무조건 100일만 써보자!

글쓰기 루틴을 만들어서 익숙해지세요

나는 아침에 가족들의 식사를 챙겨 준 후 영어 공부를 한다. 그리고 그 내용을 카톡 스터디 방에 인증한다. 카톡 스터디 방은 각자 공부한 내용을 카톡으로 인증하는 온라인 공부모임이다. 그다음에 중국어 낭독을 하고 그 또한 인증 방에 음성메시지로 올려 멤버들과 공유한다. 그리고는 매일 아침에 하는 동화책 필사를 블로그에 올린다.

그 후에 비로소 블로그 글쓰기를 시작한다. 한 시간 반 동안 한편을 완성한 후 블로그에 올리면 나의 오전 루틴이 마무리된다. 그 뒤에는 점심을 먹고 쉬었다가 오후에 동화를 쓰거나 책을 읽는다.

이 루틴을 지속한 지 꽤 오래되었기에 크게 힘이 들지 않는다. 이렇게 글쓰기 루틴이 정착되면 만족도가 높아지고 시간이 지나면서 자연스레 결과물도 얻을 수 있어서 좋다.

잘 알려진 바와 같이 세계적으로 유명한 작가들도 매일 글쓰기 루틴을 이어간다.
스티븐 킹이 인터뷰에서 이렇게 말했다.

생일날과 추수 감사절을 빼고는 하루도 빠짐없이 글을 쓴다.

얼마나 놀라운 일인가? 그런데 알고 보니 그는 생일날과 추수 감사절에도 전혀 글을 쓰지 않는 것이 아니고 꼭 200자 원고지 10페이지 분량은 채운다고 한다. 그러니까 하루에 10페이지씩, 2,000단어를 3개월 동안 매일 쓰는 것이다. 3개월 동안 쓰면 18만 단어가 되는데, 그 정도면 책 한 권 분량이 된다.

실제로 전문가들이 규칙적인 글쓰기에 관한 실험을 진

행한 적이 있다. 쓰고 싶은 기분이 내킬 때만 쓰는 그룹과 매일 일정하게 쓰는 그룹을 비교한 것이다. 실험 결과, 후자가 훨씬 창조적인 글을 쓴다고 밝혀졌다. 그러니 부담스럽지 않은 분량을 매일 정해진 시간에 쓰는 것이야말로 생산성뿐만 아니라 창의력을 기르는 면에서도 훨씬 낫다는 의미다.

이를 블로그 글쓰기에도 똑같이 적용할 수 있다. 유명 작가들처럼 매일 정해진 시간에 정해진 분량 쓰기를 루틴으로 삼아보자. 그러기 위해서는 우선 꼭 해야 할 일과 하지 않아도 되는 일을 구분하여 가지치기한 다음, 확보된 시간에 글쓰기를 우선순위로 고정하면 된다.

글 쓰는 시간보다 쓰지 않는 시간이 더 중요해요

글 쓰는 시간이 땅을 깊이 파고 들어가는 시간이라면, 글을 쓰지 않는 시간은 땅을 두루 구경하는 시간이다. 그러니 글을 쓰지 않을 때 얼마나 다양한 생각과 아이디어를 건져 올리는지에 따라 글쓰기의 풍성함이 결정된다고 할수 있다.

생각해보면 우리를 둘러싼 모든 것들이 글쓰기 주제이자 영감을 주는 존재들이다.

봄날 우리 집 앞에 탐스러운 벚꽃이 피었다. 성격이 급한지 다른 벚꽃보다 이르게 만개하더니 아침마다 반짝반짝 그 하얀 얼굴을 빛내며 나를 반겼다. 며칠 동안 그 벚꽃을 볼 생각에 아침이 기다려졌고, 다음날이면 어김없이 더 예뻐진 얼굴로 내게 인사를 해준 덕분에 가슴이 설레었다. 그렇게 멍하니 벚꽃을 보다 초등학교 때 함께 뛰어 놀던 단짝 친구를 떠올렸다. 봄에서 여름으로 넘어가는 계절에 그 친구 집에 문턱이 닳도록 드나들던 일, 좋아하는 가수 이야기를 하며 시간 가는 줄 모르고 함께 까르르 웃었던 일…. 이 모든 건 집 앞 벚꽃을 쳐다보고 있던 순간에 내게로 몰려온 추억이었다.

그 사랑스러운 추억을 글에 담아내면서 나는 지극히 행복해졌다. 내 속에 잠자던 추억이 어느새 생기를 얻었고 그 덕분에 봄을 더 열심히 즐기고 사랑하게 된 것이다. 벚꽃이 피었다 지는 계절이 되면 그 옛날 아름다운 추억들이 내게 말을 건다. 그럼 나는 그 소중한 추억을 글로 표현하며 또 한 번 설렌다.

글을 쓰지 않는 시간에 당신은 무엇을 보고 무엇을 생각하는가? 주변을 세세히 관찰하고 들여다보고 있는가? 그러다 문득 멋진 아이디어가 떠오르면 글을 쓰고 싶어 손끝이 따끔따끔해지지 않는가? 무언가를 자발적으로 하고 싶어지는 그 멋진 기분은, 당신이 글을 쓰지 않는 시간을 어떻게 보내는지에 달려있다는 걸 잊지 않았으면 좋겠다.

블로그 이웃과 칭찬을 주고받으세요

카네기의 《인간관계론》에 이런 말이 나온다.

한 심리학자는 동물 실험을 통해 다음의 문제를 증명해냈다. 칭찬받은 동물은 빠르게 발전하고 지구력도 뛰어났다. 반면에 그릇된 행동 때문에 벌을 받은 동물은 발전 속도로 더딜 뿐만 아니라 끈기도 없었다. 사람도 마찬가지다. 비난은 현실을 바꾸지도 못하고 오히려 반항심만 키울 뿐이다.

100일 동안 블로그에 글을 쓰기로 결심했다면 끈기 이외에도 비타민 같은 '칭찬'이 꼭 필요하다. 나만 하더라도 누군가 댓글로 칭찬을 해주면 문득 기분이 좋아져 배시시 웃곤 한다. 특히 슬럼프가 올까 말까 하는 시점에 힘이 되는 댓글을 받으면 집중력을 높일 수 있을 뿐만 아니라 내가 하는 일에 대한 자부심까지 높아진다.

블로그 글쓰기의 장점은 이웃들의 반응을 바로바로 알 수 있다는 것이다. 물론 그런 이유로 글쓰기에 대한 부담이 더 생기는 것도 사실이다. 하지만 부담감 때문에 더 열심히 쓸 수 있고 칭찬까지 덤으로 받을 수 있으니 얼마나 좋은가?

일단 칭찬을 받기 위해서는 내가 먼저 이웃들에게 칭찬 댓글을 남겨야 한다. 이는 칭찬할만한 포인트를 찾아 적절한 칭찬을 건네라는 뜻이다. 그 과정에서 우리는 이웃의 글을 읽고 핵심을 파악하는 능력을 기를 수 있다. 게다가 멋진 글을 쓰는 이웃들이 많다면 양질의 글을 읽고 지혜와 정보도 얻을 수 있다. 그러니 나와 결이 맞는 이웃들을 늘려 그들과 긴밀하게 소통하며 칭찬을 주고받아 보자.

슬럼프를 극복하세요 1

익숙하지 않은 일을 100일 동안 지속하다 보면 중간에 슬럼프가 슬금슬금 찾아온다. 나는 100일 글쓰기 이후 한참 시간이 흐른 후에 슬럼프를 경험했는데, 약 한 달간 몸도 마음도 주체할 수 없을 만큼 힘이 들었다. 어디가 딱히 아픈 건 아닌데, 시름시름 앓듯이 기운이 없었고 글쓰기를 계속할 수 있을지 고민하는 날들이 매일 이어졌다.

그 무거운 한 달을 이겨낸 방법은 무엇이었을까?

바로 루틴을 그대로 이어가는 것!

이렇게 말하면 '의욕이 없는데 루틴을 어떻게 이어갈 수 있냐'라며 반문하고 싶을 것이다. 하지만 그 당시의 나는 루틴에 익숙해져 있어서 루틴을 수행하는 일 자체는 그리 힘들지 않았다. 게다가 루틴을 하지 않는다고 기분이 나아지거나, 단숨에 행복해질 리 없다는 걸 잘 알고 있었다.

무엇보다 가장 두려웠던 것은 삶이 그대로 무기력 속에 버려질지도 모른다는 걱정이었다. 나는 분명히 슬럼프에 빠져 있었지만 그렇다고 생활을 포기하고 싶진 않았다. 너무 힘이 들어서 루틴을 포기하는 사람들이 있겠지만 오히려 나는 너무 힘이 들어서 루틴을 이어갔다. 그리고 그 덕분에 슬럼프를 벗어났을 때 삶이 그리 흐트러지지 않았던 것 같다.

만약 글쓰기가 루틴으로 자리 잡아가는 상태에서, 혹은 완전히 정착한 상태에서 슬럼프가 왔다면 새로운 일을 시작하기보다 기존의 루틴을 담담히 이어가 보자. 그 루틴이 야말로 슬럼프에서 탈출할 수 있는 유일한 통로일지도 모른다. 루틴을 유지하는 동안에는 최소한 삶이 정상 궤도를 돌고 있다는 뜻일 테니까. 엉망진창 상태로 흐트러지지 않았음은 물론이고 슬럼프로 인한 자괴감이 밀려올 걱정을 하지 않아도 된다. 든든한 보험처럼 내 삶을 지탱하는 것이 바로 루틴이란 걸 잊지 말자.

　격렬한 슬럼프가 지나가고 몇 달 후, 나는 블로그에 나의 슬럼프에 관한 이야기를 꺼내놓았다. 그랬더니 대부분의 이웃들이 슬럼프인 줄 전혀 몰랐다며 깜짝 놀라 했다. 게다가 슬럼프에도 불구하고 어떻게 매일 글을 썼냐며 오히려 신기하다는 반응들이었다.

　어떤 일이든 꾸준히 하다 보면 정도의 차이만 있을 뿐 슬럼프는 온다. 그 슬럼프를 어떻게 극복하느냐에 따라 내성의 정도도 달라질 것이다. 내면에 풍랑이 불어오는 동안에도 외적으로는 평온하게 일상을 살아낸다면 비교적 빨리 슬럼프를 넘길 수 있다. 또한 그 과정에서 스스로를 포기하지 않고 루틴을 이어갔기에 슬럼프 후에 오히려 더 단단한 사람이 될지도 모른다. 그러니 슬럼프가 오더라도 최소한의 루틴을 이어가 보자. 만약 몸도 마음도 나락으로 떨어졌다면 아주 보잘것없는 '무엇'이라도 당신을 위해 유지해보자. 그 보잘것없는 무엇이 슬럼프 탈출의 버튼일 테니까.

100일의 기적을 이룬 당신에게 보상해주세요

만약 100일 동안 블로그에 A4 반장씩의 글을 올리는 데 성공했다면 당신은 평범한 사람이 아니다. 앞서 말한 '유형기'를 무사히 마친 사람이자 누구보다 끈기가 있는 사람이며, 어떤 일이라도 해낼 수 있는 사람이다. 그러니 스스로에게 근사한 선물을 해주자. 혼자 즐기는 브런치나 한 끼 식사, 예쁜 텀블러나 화장품 등 어떤 거라도 좋다. 자신을 응원하고 격려할 사람은 자신뿐이라는 생각으로 칭찬을 아끼지 말자.

그런 다음엔 수첩이나 휴대폰 메모장에 블로그 100일 글쓰기 성공에 대한 소회를 적어보자. 중간중간 위기가 왔음에도 불구하고 잘 극복하고 글을 쓴 점도 대단하고, 죽고 사는 문제가 아님에도 불구하고 필사적으로 자신과의 약속을 지킨 점은 더 대단하다. 이런 식으로 자신의 노력에 대해 칭찬과 놀람을 서술하다 보면 자연스럽게 내면이 어떻게 변화되었는지에 주목하게 될 것이다.

　나는 100일 글쓰기를 하면서 가끔은 옛 추억에 젖어서 히죽히죽 웃어댔고, 또 가끔은 과거의 아쉬운 한 장면을 떠올리다 목 놓아 울어버리기도 했다. 떠나간 엄마가 그리워 어린애처럼 눈물을 뚝뚝 흘린 적도 있고 이제는 더 인연을 이어가지 않는 지인들이 생각나 씁쓸해지기도 했다. 그건 마치 내 속에 묵혀놓은 짐들을 하나씩 꺼내 햇볕에 바짝 말리는 작업과도 같았다. 어떤 것은 너무 무거워 밖으로 끌어내기 힘들었고, 또 어떤 것은 너무 가벼워 글로 담아내기 부끄러웠다.
　하지만 그런데도 나는 그 일을 그만두지 않고 100일간 지속했고, 그 덕분에 마음의 짐을 덜어내는 데 성공했다. 그리고 이것이야말로 내면의 변화이자 글쓰기의 진정한 쓰임이라고 믿게 되었다.

100일 글쓰기는 내게 100개의 주제를 선물해주었다. 또한 내가 어떤 주제를 선호하는지도 분명히 알게 해주었다. 써본 사람은 알 것이다. 매끈한 길 위를 달리듯 글이 술술 풀리는 날이 있는가 하면, 힘겨운 진흙 길을 걷듯 글이 나아가지 못하는 날도 있다는 것을. 그건 컨디션의 문제이기도 하지만 주제의 무게감, 혹은 주제에 대한 우리의 무의식 때문이기도 하다. 꺼내놓기 힘든 이야기를 할 때는 무의식이 격렬히 저항하며 우리를 막아선다. 그럴 때는 괴로움 속에서 허우적대지 말고 얼른 포지션을 잡는 편이 낫다. 어느 선까지만 글로 담겠다고 무의식을 달래거나, 아예 그 주제를 포기하고 다른 주제를 데려오는 식으로 말이다.

이제 우리 손에 올려진 100개의 맛있는 재료들을 가지고 조금 더 체계적인 글쓰기에 도전해 보자.

30일 동안 A4 1장 쓰기에 도전하세요

A4 반장을 100일 동안 쓰고 나면 A4 1장을 채우는 일이 그리 어렵지 않다. 다만 이때부터는 주제를 선정하는데 조금 더 신경 쓸 필요가 있다.

사실 A4 반장은 하나의 완전한 꼭지가 되기에는 분량이 턱없이 부족하고 글에 기승전결을 담아내기도 어렵다. 그러니 그저 글쓰기 근육을 기르고 주제를 확보하는 트레이닝이었다고 생각하면 된다.

그에 비해 A4 1장 쓰기는 책의 한 꼭지가 될 가능성이 있는 것은 물론이고 우리가 하고 싶은 이야기를 선명한 주제와 함께 담아낼 수 있는 분량이다. 이미 100일 글쓰기를 통해 확보된 주제를 더욱 세밀하고 깊이 있게 확장시키는 글쓰기가 될 것이고 어떤 책을 쓰고 싶은지에 대한 분명한 인식을 갖게 될 도전이기도 하다.

자, 이제 30일 동안 A4 1장 분량을 써서 블로그에 글을 올려보자. 가장 중요한 포인트는 마무리 부분에 꼭 자신이 말하고 싶은 핵심 주제를 밝히는 것이다. 특정 사건이나 생각을 통해 내가 얻은 교훈이나 조언, 깨달음을 밝히는 것을 습관으로 해보자. 그러지 않고 그저 일기 형식으로 마무리한다면 그 글은 그저 개인의 기록이자 일기, 혹은 일상 글을 벗어나지 못한다. 내가 전하고 싶은 메시지가 읽는 이들의 마음에 닿기 위해서는 어떤 식으로든 객관적이고 보편적인 내용으로 귀결되어야만 한다. 이 원칙만 지킨다면 당신은 이제 블로그로 책 쓸 준비를 거의 마친 셈이다.

새로운 형태의 글쓰기에 도전하세요

글을 오래 써온 사람들은 보통 자신만의 몇 가지 틀을 가지고 있고 쓰고자 하는 글의 주제와 느낌에 따라 적당한 틀을 꺼내 사용한다.

A4 1장 30일 글쓰기를 하다 보면 매일 판에 박힌 글쓰기를 하고 있는 것 같아 지루해지는 날이 온다. 그럴 때 약간의 변화를 모색해보면 글쓰기가 한층 재미있어지는데, 내가 추천하고 싶은 방식은 다음과 같다.

첫 번째, 묘사하라.
다음 글을 읽어보자.

솔직히 말하자면, 아내를 처음 만났을 때 끌리지도 않았다. 크지도 작지도 않은 키, 길지도 짧지도 않은 단발머리, 각질이 일어난 노르스름한 피부, 외꺼풀 눈에 약간 튀어나온 광대뼈, 개성 있어 보이는 것을 두려워하는 듯한 무채색의 옷차림.

- 한강, 《채식주의자》

이 글은 한강의 소설 《채식주의자》의 시작 부분이다. 세세하게 서술하는 대신, 그저 툭툭 던지듯 무심히 묘사했음에도 불구하고 아내의 이미지와 특성을 금세 눈치챌 수 있다.

배경이나 사람에 대한 묘사를 통해 전달하고자 하는 주제를 선명하게 나타낼 수 있다면 적극적으로 묘사 기법을 사용해보는 것이 좋다. 읽는 이가 머릿속에 대상이나 상황을 그림처럼 그릴 수 있을 뿐만 아니라 뒤의 내용이 절로 궁금해지는 효과까지 있기 때문이다.

블로그로 쓴 나의 첫 번째 책 《저는 후보 3번입니다만…》에 나오는 이야기의 첫머리를 보자.

꾸벅 인사를 하고 고개를 들었다. 그의 얼굴이 한눈에 들어오기도 전에 하필이면 그의 삐져나온 코털이 내 눈에 콕 박혔다. 동굴 밖 구경을 나온 '한 가닥'도 아닌, 작정하고 머리를 늘어뜨린 '꽃다발'처럼 그야말로 '한 움큼'이나 삐져나와 있었다.
- 신은영, 《저는 후보 3번입니다만…》

한 남자의 코털에 관한 묘사로 시작되는 글이 코털이 삐져나온 모습을 상상하게 만들고 코털 이야기를 하는 이유를 궁금하게 만든다. 이런 묘사를 잘하기 위해서는 평소에 사람이나 사물, 상황을 주의 깊게 관찰할 필요가 있다. 나는 누군가 말하거나 웃을 때의 표정을 세심히 관찰했다가 글로 묘사할 때 그 기억을 적극적으로 불러오곤 한다. 그러니 생생한 글쓰기를 위해 열심히 관찰해서 흥미롭게 묘사해보자.

두 번째, 힘을 빼라.

누구나 글을 잘 쓰고 싶다. 멋진 글을 써서 인정받고 싶은 것 또한 당연하다. 그래서 단어 하나하나마다 공을 들여 글을 쓰곤 한다. 그런데 그런 경우, 얼핏 '있어 보이는 글'처럼 보일지는 몰라도 결코 가독성 좋은 글은 될 수 없다. 한자어를 비롯한 딱딱한 단어들과 수동태 표현이 많거나, 감정 과잉으로 힘이 잔뜩 들어가 있는 글은 읽는 동안 피로감이 쌓이기 때문이다.

좋은 글은 편안하고 가독성이 탁월해야 한다. 특히 블로그에 올리는 글이 무겁고 딱딱하면 외면받기 쉽다. 3~5분 정도면 읽을 수 있는 분량의 글이라도 사람들은 흥미롭고 술술 읽히는 글이 아니면 그 짧은 시간도 투자하지 않는다.

그럼 힘은 어떻게 뺄까?

멋있어 보이기보다는 그냥 있는 그대로, 느끼는 그대로를 써라. 평범하고 익숙한 단어와 문장들로도 얼마든지 진실을 드러내고 감동을 줄 수 있다는 걸 쓰다 보면 알 수 있다. 흔히 우리가 지나친 욕심과 싸우는 동안 스스로에게 하는 말이 있지 않은가? '내려놓아라!' 그 한마디에 힘을 빼는 기술이 다 들어가 있는지도 모른다.

그럴듯한 글로 애써 포장하려는 마음을 버리고 우리가 가진 욕심을 내려놓으면 자연스러운 글쓰기를 할 수 있을 것이다.

세 번째, 호기심을 자극하라.

인간의 두뇌는 재미없는 일에 관심을 기울이지 않는 특징이 있다. 만약 강의가 시작되고 10분 만에 사람들의 집중력이 현저히 떨어졌다면, 그 강의는 재미있는 요소가 부족하다는 것을 의미한다. 그러니 사람들의 호기심을 자극할만한 스토리를 10분 간격으로 배치하여 집중력을 끌어모아야 한다. 그렇게 주기적으로 자극을 주어야 강의 마지막까지 제대로 된 메시지를 전달 할 수 있다.

글쓰기도 마찬가지다. 중간중간 호기심을 끌 만한 요소들을 배치하고 궁금증을 유발해야 한다. 그렇지 않으면 사람들은 금세 흥미를 잃고 다른 글을 찾아 나설 것이 분명하다.

붓다의 어린 시절에 관해 읽은 적이 있다. 그가 태어난 지 7일 만에 그의 어머니가 세상을 떠났다.

이 문장은 내가 쓴 에세이 《공감의 온도》의 한 대목이다. 이 첫 문장을 읽고 사람들은 붓다 이야기를 하는 이유가 궁금해질 것이다. 게다가 붓다의 어머니가 그렇게 일찍 세상을 떠났다는 사실에 호기심을 가질지도 모른다.

한참 붓다에 관해 이야기하다 글은 어느새 나의 어린 시절로 이어진다.

만약 세상을 온실 안과 밖으로 나눈다면, 나는 어릴 적부터 철저히 온실 밖에서 살아왔다.

이 대목을 읽으면 사람들은 온실 밖의 삶을 상상하며 궁금증을 가질 것이다. 그러다 마지막 결론에 이르면 처음에 붓다 이야기를 한 이유를 비로소 이해하게 된다.

글을 쓸 때 어떻게 하면 호기심을 자극할까를 고민하는 것 자체가 새로운 아이디어를 불러온다. 마치 퍼즐을 맞추는 즐거움이나 군데군데 보물을 숨겨두고 혼자 설레는 기분을 느낄 수 있고 세상을 새로운 눈으로 바라보는 기회를 얻을 수도 있다.

편집 감각을 익히세요

    특정한 장소에서 특별한 경험을 했다고 가정해보자. 얼핏 그 경험은 글 한 꼭지 정도에 담아낼 단순한 에피소드처럼 보일지 모른다. 하지만 편집 감각을 발휘해 2~3개의 꼭지로 나눈다면 훨씬 풍성한 글감이 될 수 있다. 이를테면 내가 연꽃을 구경하러 간 일을 쓴다면 나는 그 하루의 경험을 가지고 최소 3개 이상의 꼭지를 쓸 수 있도록 머릿속으로 편집한다. 연꽃 자체에 대한 감상, 그 장소에서 관찰했던 사람들에 관한 이야기, 그리고 오며 가며 가족들과 나눈 이야기, 이렇게 3개의 꼭지를 쓸 수 있다.

    그러니 하나의 경험이 떠올랐다면 그 경험을 작게 쪼개고 안을 들여다보는 연습을 해보자. 그러다 보면 결이 다른 다양한 이야기들이 그 경험 속에 녹아있다는 것을 알게 된다. 현실적으로 우리가 할 수 있는 경험들이 제한적이라면 경험을 늘리는 시도와 동시에 이미 한 경험으로부터 다양한 의미를 찾는 노력도 병행해야 한다. 그러다 보면 삶을 다각도로 들여다볼 수 있고, 동시에 생각지도 못한 새로운 의미를 발견할 수도 있을 것이다.

내 블로그에 올린 '연잎'에 관한 한 꼭지를 소개해본다.

연잎에 관하여

살포시 입을 벌린 연꽃이 바람결을 따라 고개 춤을 추고 있었다. 사람들은 어여쁜 연꽃을 카메라에 담으며 연꽃보다 더 맑은 미소를 피워 올렸다. 감탄사들이 수면에 파장을 일으키는 동안, 나는 연꽃 아래 흩어진 오목한 연잎들을 들여다보는 중이었다.

혈관 같은 잎맥들이 사방으로 달려 나간 모양이 마치 가볍게 편 내 '손바닥' 같았다. 나는 손을 들어 올려 움켜쥐었다가 펼쳤다가를 반복했다. 펼칠 때의 허무함보다 움켜쥘 때의 짜릿함이 훨씬 좋다며 나는 연신 고개를 주억거렸다. 노력의 결과이든 요행이든 무엇이든 간에 손바닥 위에 올려지기만 하면 온몸의 힘을 끌어 모아 손바닥을 오므릴 참이었다. 한 손이 모자라면 다른 손도 불러와 가능한 많은 것을 잡겠다는 중얼거림이 입술 사이로 새어 나왔다.

연잎이 흔들릴 때마다 손바닥도 함께 흔들렸고, 연잎 위로 햇살이 쏟아질 때마다 손바닥에도 근사한 것이 쏟아질 것 같아 절로 가슴이 설레었다.

당시 채 여물지 못한 내 마음을 남들은 '과욕'이라 불렀고, 나는 '열정'이라 우겨댔다. 그들의 조언에는 '적당히', '욕심 없이'라는 단어가 꼭꼭 등장했지만, 나는 그 모든 걸 뭉텅 그려 '열정' 주머니에 담곤 모른 척했다.

그런데 시간이 흐를수록 고민이 커져갔다. 손바닥을 펼치고 싶은 마음과 계속 움켜쥐고 싶은 마음이 엎치락뒤치락 줄다리기를 한 탓이었다. 하루는 손바닥을 펼치고 싶은 마음이 굴뚝같아 물끄러미 쳐다보고 있었다. 그런데 어느새 열정 주머니가 커다랗게 부풀어 올라 주머니 입구를 봉하고선, 내 손바닥도 절대 열지 말라 단단히 일렀다. 나는 고개를 끄덕이며 행여나 손끝이 떨어질까 노심초사했었다. 닫힌 손바닥은 돌덩이처럼 야무졌지만, 그걸 들여다보는 일은 쓴 맛 나는 커피를 홀짝이는 일과 같았다.

그러던 어느 날, 법정 스님의 〈연잎의 지혜〉라는 글을 읽었다.

빗방울이 연잎에 고이면 연잎은 한동안 물방울의 유동으로 일렁이다가 어느 만큼 고이면 수정처럼 투명한 물을 미련 없이 쏟아 버린다.

그 물이 아래 연잎에 떨어지면 거기에서 또 일렁이다가 도르르 연못으로 비워 버린다.

이런 광경을 무심히 지켜보면서, '연잎은 자신이 감당할 만한 무게만을 싣고 있다가 그 이상이 되면 비워 버리는구나'하고 그 지혜에 감탄했었다.

그렇지 않고 욕심대로 받아들이면 마침내 잎이 찢기거나 줄기가 꺾이고 말 것이다.

세상 사는 이치도 이와 마찬가지다.

- 법정, 《살아 있는 것은 다 행복하라》

같은 연잎을 바라보아도 나는 움켜쥔 손바닥을 생각했지만, 법정 스님은 비워내는 삶을 생각했다. 내가 펼쳐진 연잎의 가장자리를 끌어 모아 보자기 싸듯 꽁꽁 싸맬 생각을 하는 동안, 스님은 텅 빈 연잎의 아름다움을 발견했다.

그제야 비로소 나는 연잎 같은 손바닥을 스르륵 펼쳤다. 내 작은 손바닥에 움켜쥔 것들이 어찌나 많던지 완전한 이별까지는 길고 긴 시간이 필요했다. 그러다 마침내 완전히 비어버리자 신기하게도 그땐 더는 연잎 모양이 아니었다. 잎맥도 내 혈관이 아니었고, 레이스 같은 가장자리도 내 손끝이 아니었다. 싱그러운 연둣빛은 일렁이는 물방울을 미련 없이 비워 버리는 '호(공)'이 되어 있었다.

우연히 마음에 쏙 드는 연꽃 사진을 발견했다. 탐스러운 연꽃이 수줍게 춤을 추는 동안, 연둣빛 잎들이 깨달음을 주려는 듯 반짝거리고 있었다. 내가 쉬이 눈을 떼지 못한 이유는 그 옛날 움켜쥐기만 했던 연잎 같은 내 손이 사라진 자리에서 법정 스님의 비워내는 연잎을 발견한 덕분이었다.

나는 텅 빈 손바닥을 천천히 들어 올려 허공을 갈랐다. 집착도 속박도 떠난 자리, 자유만 호젓이 남아 손가락 사이를 스쳐 지나갔다. 그러면서 내게 이렇게 속삭였다.

'세상 사는 이치도 이와 같은 것을….'

틈틈이 책을 읽으세요

글을 쓰기 위해서는 당연히 책을 읽어야 한다. 그런데 매일 A4 1장 분량의 글을 쓰려면 되도록 아이디어를 주는 책 혹은 핵심 주제를 제시해주는 책을 읽는 것이 좋다. 다양한 주제들을 접하다 보면 그와 유사한 나의 경험을 떠올리게 되고, 그 경험을 글에 담아내기 쉽기 때문이다.

나는 류시화 님을 좋아해서 그의 책을 늘 곁에 두고 읽곤 한다. 그의 경험들 중에 나의 경험과 비슷한 것을 발견하면 그야말로 속이 뻥 뚫린 듯 기분이 좋아지고 그 내용을 글로 쓰고 싶어 가슴이 절로 팔랑거리기도 한다. 그의 글은 주제가 확실하고 대부분 마음공부와 관련되어있다. 덕분에 읽으면 읽을수록 나 스스로를 다독일 수 있고 나의 경험을 곱씹으며 반성도 할 수 있는 장점이 있다.

책에서 읽은 좋은 내용과 글귀를 블로그 글쓰기에 바로바로 담아내면 글쓰기가 한결 수월해진다. '다음에 활용해야지'하고 넘기는 순간, 잊어버리거나 다시 찾는 수고로움을 감내해야 한다. 그래서 가급적 그날 발견한 내용을 그날 글쓰기에 적용하는 것이 좋다. 그럼 굳이 내용을 따로 정리하거나 표시할 필요도 없다.

블로그에 글을 쓰지 않는 시간에는 틈틈이 책을 읽고 아이디어를 발견하자. 그리고 그 아이디어를 글에 바로바로 활용하자. 독서와 글쓰기가 잘 맞는 톱니바퀴처럼 돌아가다 보면 어느새 내 머리와 글에 지식과 지혜가 늘어감을 확연히 느낄 수 있다. 이것이야말로 읽기와 쓰기의 진정한 효용이 아닐까?

비평에 신경 쓰지 마세요

출간 후에는 온라인 서점의 리뷰나 SNS를 통해 독자들의 생생한 감상을 접할 수 있다. 이때 호평과 함께 조금 아쉽다는 뉘앙스의 리뷰도 있는 것이 당연하다. 개인의 경험과 생각이 다르듯이 모두를 만족시키는 책이나 글 또한 있을 수 없기 때문이다.

출간을 통해 내가 느낀 점 중 하나는 비평에 초연해져야 한다는 것이다. 비난 자체가 나를 향한 공격이라고 생각하면 지속적으로 글을 쓰기 힘들어진다. 그리고 무엇보다 내가 하고 싶은 말을 쓰지 못할 수도 있다. 그러니 다양한 사람들의 의견이라 생각하고 쿨하게 넘기는 태도가 필요하다.

그런가 하면 블로그에 글을 써서 올리면 댓글로 비평 아닌 비평을 하는 사람들이 있을 수 있다.

"저는 동의할 수 없는 글이네요."
"전혀 공감이 안 가는군요."
"저와 생각이 정말 다르시네요."

이 정도의 반대 의견도 사실 그리 유쾌하지 않다. 그럼에도 나는 그 의견 또한 존중해주어야 한다고 생각한다. 시간을 들여서 내 글을 읽어준 것도 고맙고, 누군가는 공감할 수 없다는 사실을 댓글로 알려준 것도 고마운 일이기 때문이다.

누군가 내 글을 비평한다면, 그것은 오직 글에 대한 것일 뿐이지 나에 대한 공격은 아니다. 블로그 댓글로 동의하지 못한다는 의견을 제시하는 경우 또한 마찬가지다. 다양한 의견이 있다는 점만 교훈으로 얻으면 될 뿐, 지나치게 신경 쓰고 의기소침해지지 말자.

강렬한 도입부를 시도하세요

그날 한 명이 다치고 여섯 명이 죽었다. 먼저 엄마와 할멈. 다음으로 남자를 말리러 온 대학생, 그 후에는 구세군 행진의 선두에 섰던 50대 아저씨 둘과 경찰 한 명이었다. 그리고 끝으로는, 그 남자 자신이었다.

- 손원평, 《아몬드》

소설 《아몬드》의 도입부는 깊은 인상을 남긴다.

A4 1장 글쓰기의 시작을 매일 비슷한 패턴으로 해 왔다면 이처럼 강렬한 도입부를 자신의 글에도 시도해보자.

내가 쓰고자 하는 경험 중 가장 핵심이 될 만한 부분이나 궁금증을 불러올 대목을 짧은 문장으로 시작해보자. 가능한 단문으로 선명한 이미지를 그려 넣는다고 생각하며 쓰는 것이 좋다.

내가 쓴 에세이 《오늘도, 별일은 없어요》의 한 꼭지는 이렇게 시작된다.

> 차 한 대가 내 앞에 멈춰 섰다. 유리문이 내려가자 남자의 눈과 내 눈이 딱 마주쳤다. '길을 물으려는 걸까?' 옆에 선 친구와 나는 무심히 남자 쪽으로 시선을 던졌다.
>
> - 신은영, 《오늘도, 별일은 없어요》

그날 있었던 일을 처음부터 서술할 수도 있었지만 나는 가장 흥미로운 대목을 도입부에 넣었다. 이 몇 개의 문장만으로도 상황이 머릿속에 생생하게 그려지기 때문이다. 덕분에 그다음 내용은 물론이고 남자의 정체가 절로 궁금해지니, 강렬한 도입부는 쓰는 사람도 읽는 사람도 즐거워지는 효과가 있다.

한편 내가 쓴 또 다른 에세이 《이런 경험 나만 해봤니?》의 한 꼭지는 이렇게 시작한다.

전화가 울렸다.

"크크크크크…"

웃음을 눌러 참는 소리만 흘러나왔다.

겨울의 차가운 기운이 후끈거리는 내 머리를 훑고 지나갔
다.

- 신은영, 《이런 경험 나만 해봤니?》

불쾌한 웃음소리를 내는 사람이 누구인지 궁금증을 유
발하려는 목적에서 이렇게 시작했는데, 이야기가 후반부
로 갈수록 그의 정체가 서서히 드러나며 재미가 더해진다.

강렬한 도입부는 글을 마지막까지 읽게 하는 신기한 힘
이 있다. 그러니 흥미로운 도입부를 시도하며 글쓰기의 재
미를 느껴보자.

50일 동안 A4 1장 반 쓰기에 도전하세요

이제 탄탄한 글쓰기에 도전할 차례다. 바로 A4 1장 반 50일 쓰기!

A4 반장 100일 쓰기에 이어 A4 1장 30일 쓰기를 하는 동안 어느덧 당신의 글쓰기 내공은 탄탄해졌을 것이다. 이제 기승전결이 확실한 글쓰기를 통해 책에 들어갈 꼭지(하나의 주제로 이뤄진 글) 쓰기를 연습해보자.

A4 1장 반이 책을 위한 한 꼭지라면 무엇보다 주제가 분명하고 결론이 명확해야 한다. 만약 당신의 경험을 글로 쓴다면 그 경험으로 얻은 교훈이나 깨달음을 미리 정리하고 글쓰기를 시작해야 한다는 뜻이다. 그러지 않고 그저 경험을 서술하는 방식으로 끝낸다면 그건 지극히 개인적

인 글쓰기, 혹은 일기에 불과한 글이 되고 만다.

　물론 대부분의 글쓰기 책에서 '일기 쓰기의 중요성'을 강조한다. 일기는 매일의 기록이자 최고의 글쓰기 연습 방법이기 때문이다. 하지만 글쓰기와 책 쓰기는 엄연히 다른 영역이기에 지향점이 달라야 한다. 일기가 개인적 경험과 생각을 서술할 목적의 글이라면 책은 타인을 위한 글이어야 마땅하다. 그러므로 책 쓰기는 경험을 서술한다는 점에서는 일기와 같지만 그 경험을 통해 전달하고자 하는 주제가 명확하다는 점에서는 일기보다 한층 깊이가 있어야 한다.

　일본의 유명 작가인 사이토 다카시가 이렇게 말했다.

　"2000자의 벽을 넘는 순간 어떤 글도 잘 쓸 수 있다"

　2000자는 원고지로 10장 남짓, A4 용지로는 1장 반 분량이다. (빈 줄 포함) 따라서 2000자 분량을 넘길 수 있다는 것은 글쓰기 내공이 그만큼 탄탄하다는 것을 의미한다. 그는 이 분량을 달리기에 비유했다.

5킬로미터를 달릴 수 있게 되면 그다음은 7킬로미터, 10킬로미터로 거리를 늘릴 수 있습니다. 그러다 보면 달리기 거리를 늘리는 것 자체가 매우 즐거워집니다. 이와 마찬가지로 쓰는 힘이 생기면 쓰는 양을 늘리는 것에 재미를 느끼게 됩니다.

- 사이토 다카시, 《사이토 다카시의 2000자를 쓰는 힘》

자! 이제 A4 1장 반씩 50일 동안 써보자. 이 분량을 채울 수 있다면 당신은 글쓰기가 아닌 책 쓰기를 할 수 있다.

글 잘 쓰는 비법은 단 하나뿐이에요

세계적인 베스트셀러 작가 세스 고딘이 이렇게 말했다.

> 글을 잘 쓰고 싶다면 그저 쓰는 것이 최선이다

글을 쓰지 않고 스킬만 배우려 한다면 글쓰기 실력은 영원히 늘지 않는다. 그러니 일단 어떤 글이든 계속 써야 하고 이런저런 시행착오를 거치며 다듬어가야 한다. 이를 위해 그가 제안하는 일은 단순하다.

블로그에 글을 써라. 그것이 어렵다면 SNS에 이런저런 글이라도 올려라.

글을 계속 쓰는 것만이 글을 잘 쓰는 유일한 방법이란 사실을 꼭 기억하자.

유명한 작가들에게 "왜 글을 쓰게 됐나요?"라는 질문을 던지면 그들 대부분은 뚜렷한 이유를 모른다고 한다. 그저 쓰다 보니 잘 쓰게 되었고, 계속 쓰다 보니 작가가 되었다고 대답하는 경우가 많다. 그러니 우리도 자꾸 글을 써보는 수밖에 없다. 스킬은 차후의 문제이니 일단은 쓰고, 또 써야만 한다.

보편성을 다루세요

책《신이 내린 필력은 없지만 잘 쓰고 싶습니다》에서 저자는 '단팥빵' 비유를 통해 좋은 글의 속성을 알려준다.

독자의 마음을 움직이려면 개별 경험과 사건 안에 보편성이 담겨 있어야 한다. 한 편의 글을 단팥빵에 비유하자면, 개별 경험이나 사건은 단팥빵의 외피이고 보편성은 단팥이다. 단팥빵을 먹을 때 우리가 기대하는 것은 단팥의 달콤함이다….
보편적인 것을 구체화하는 작업에 성공한 글은 보편적인 가치를 직접 언급하지 않고도 보편적인 것을 말할 수 있다.

- 심원, 《신이 내린 필력은 없지만 잘 쓰고 싶습니다》

쉽게 설명하자면 이런 것이다. 우리가 글을 통해 말하고 싶은 핵심이 '사랑'이라면 '사랑이 중요하다'라는 직접적인 언급 없이 개인 경험을 생생하게 보여주기만 하면 된다. 보편적인 가치를 담지 않은 글은 공감을 얻기 힘들 뿐 아니라 독자의 마음을 움직이기도 분명 어렵다.

가끔은 교훈적인 글이 지나치게 권위적이거나 작위적인 느낌을 줄 때도 있다. 이런 경우라면 교훈, 즉 단팥이 너무 많이 든 나머지 겉면까지 비집고 나왔는지를 살펴봐야 한다. 안에 있어야 할 단팥이 밖에까지 나왔다면 그것은 적당히 숨겨져 있어야 할 교훈이 넘쳐흘렀다는 뜻일 테니까 말이다. 따라서 잘 쓴 글이 잘 만들어진 단팥빵이라면, 모양도 말끔하고 빛깔을 보기만 해도 군침이 돌아야하며, 안에 든 팥의 식감도 좋아야 할 것이다.

책은 전적으로 독자를 위해 쓴 글이어야 한다. 글쓴이가 서술하는 경험이 독자들과 완전히 무관한 것이라면 누군가가 그 책을 읽어야 할 이유가 없기 때문이다. 그러니 글감을 선택할 때는 그 글감을 통해 독자에게 전달하고 싶은 메시지가 적당한가를 따져봐야 한다. 만약 메시지가 불분명하거나 깨달음과 연결되지 못한다면 그 글감은 적당하지 않다.

그러니 책 쓰기를 할 때 꼭 기억하자. 당신이 생각해낸 것이 보편성을 보여줄 글감이 확실한가? 만약 그렇다면 그 글감으로 개인의 이야기가 아닌 모두의 이야기를 보여주자.

기승전결을 머릿속에 그리세요

한 웹소설 작가가 밝힌 작법 노하우를 들은 적이 있다. 한 회에 들어가는 여러 장면을 각각 분량화시켜 머릿속에 넣은 다음에 시작한다는 내용이었다. 말하자면 기승전결 분량을 미리 결정하고 글쓰기를 시작한다는 뜻인 셈이다. 나도 글을 쓰기 전에 대부분의 분량과 내용을 머릿속에 정리하고 출발한다. 그럼 글이 늘어지거나 지나치게 짧아서 감동이 반감되는 일이 줄어든다.

아래에 있는 글은 내가 블로그에 올린 한 꼭지 분량의 글이다. 우리가 놓치고 있는 가치에 관한 이야기인데, 책에서 읽은 인상 깊은 에피소드를 액자 형식으로 끼워 넣기로 계획했다. 우선 도입부에서는 시즈카의 상태를 알려주는 대목을, 본론에서는 책에 나오는 에피소드를, 그리고 후반부에는 벽돌 2장을 발견하는 이야기와 결론을 담을 생각이었다. 본론이 꽤 긴 것을 감안해 도입부 에피소드를 생동감 있게 묘사했고, 결론은 비교적 짧게 써서 전체적으로 늘어지는 인상을 주지 않으려 노력했다.

블로그에 올린 '벽돌 2장'이라는 글이다.

벽돌 2장

후다다닥!

시조카가 혼자 내달렸다.

"거기 서!"

다급해진 시어머니가 뒤를 쫓기 시작했다. 얼떨결에 나도 덩달아 뛰었다. 바로 옆 차도에 차들이 휙휙 지나가고 있었고, 시조카의 휘청이는 머리통은 재깍재깍 시간이 줄어드는 '시한폭탄'처럼 보였다.

시어머니는 사력을 다해 내리막길을 뛰어 내려갔다. 발의 잔상만 눈에 박힐 정도로 재빠른 발놀림이었다. 순간, 저러다가 관절이라도 다치면 어쩌나 하는 걱정이 밀려들었다. 그때쯤 체력이 바닥난 나는 숨을 헐떡이며 몸을 앞으로 기울였다. 마치 뛰어난 동료에게 미션을 부탁하고 한숨 돌리는 사람처럼, 나는 매운 목을 부여잡고 시어머니를 응원했다.

그사이 멀리 있던 여학생들 근처에 도착한 시조카가 우뚝 멈춰 섰다. 그리곤 개구쟁이 같은 표정으로 오른손을 들어 올렸다.

"가만히 있어!"

팔을 쭈욱 뻗으며 시어머니가 소리쳤다. 하지만 시조카가 한 여학생의 가방을 손으로 내리치며 짧은 괴성을 지른 것이 먼저였다.

"워!"

깜짝 놀란 여학생들이 벌게진 얼굴로 돌아봤다. 시조카는 한껏 만족스러운 얼굴로 손을 흔들었다.

"안녕!"

당황한 여학생들은 손으로 입을 가린 채 멍하니 쳐다보고 있었다.

덥썩!

그때 시어머니가 시조카 팔을 낚아챘다.

"죄송해요! 아이가 장애가 있어서요…."

미안한 얼굴로 시어머니가 말했다. 시조카를 잡은 손에 힘이 바짝 들어갔는지 작은 발이 동동 튀어 올랐다.

"어휴! 내가 못 살아! 이 애를 어쩌면 좋니! 이래서야 어디 사람 구실이나 하겠어?"

미션을 완료하고도 시어머니는 전혀 행복해 보이지 않았다. 그저 불안한 시선으로 시한폭탄을 바라보며 쯧쯧, 혀 차는 소리를 낼 뿐이었다.

《술 취한 코끼리 길들이기》라는 책에 이런 이야기가 나온다. (책 내용을 요약했음)

수행자인 그가 동료들과 힘을 합쳐 절을 짓기로 했다. 한 번도 해보지 않은 일이라 처음에는 다들 우왕좌왕 정신이 없었다. 그러다 기초공사를 끝내고 벽돌을 쌓아 올릴 시간, 네모난 벽돌을 반듯하게 쌓기만 하면 되는 것이니 가장 쉬울 것 같았다.

일단 시멘트 반죽을 퍼서 한 덩어리 바르고, 그 위에 벽돌

한 장을 올렸다. 그리곤 오른쪽을 한 두번, 왼쪽을 한 두번 두드려서 정확한 위치를 맞췄다. 그런데 수평을 맞추려고 할수록 한쪽이 올라가거나 삐죽 나오는 통에 매끈한 벽을 기대하긴 힘들었다.

엄청난 인내심을 발휘한 그가 힘들게 첫 번째 벽을 완성했다. 최선을 다해 반듯하게 쌓은 것이라 뿌듯함이 가득 차올랐다.

그런데 감탄의 눈으로 한 걸음 뒤로 물러나 벽을 바라보던 그의 표정이 순간, 어두워졌다. 중간에 있는 벽돌 두 개가 어긋난 것을 그제야 발견한 것이다. 다른 모든 벽돌이 일직선으로 똑바른 탓에 어긋한 벽돌 두 개는 더 도드라졌고, 그때껏 노력한 것이 다 물거품이 된 것만 같았다. 그는 할 수만 있다면 벽을 아예 무너뜨리고 새로 쌓고 싶었다. 하지만 이미 시멘트가 굳어버린 후라 그럴 수도 없었다.

이후, 절에 방문객이 올 때마다 그는 첫 번째 벽이 신경 쓰여, 사람들의 시선이 머물지 않았으면 하고 바랐다.

그런데 어느 날, 한 방문객이 그가 쌓은 벽을 쳐다보며 한마디 했다.

"아주 아름답군요."

깜짝 놀란 그가 물었다.

"벽 전체를 망친 벽돌 두 장이 보이지 않나요?"

방문객이 조용히 대답했다.

"당연히 보이죠. 하지만 내 눈엔 더없이 훌륭하게 쌓아 올린 998장의 벽돌들도 보입니다."

그 한마디에 그는 처음으로 잘못 놓인 벽돌 2장이 아닌 제대로 된 벽돌 998장을 볼 수 있게 되었다.

- 아잔 브라흐마, 《술 취한 코끼리 길들이기》 (요약)

"어머니, 시조카가 이제 글씨는 쓸 수 있나요?"

내가 조심스레 물었다.

"아니! 선도 제대로 못 긋는 걸…."

시어머니가 고개를 절레절레 저었다.

"그럼 1, 2, 3 정도는 쓸 수 있나요?"

기대에 찬 눈으로 내가 물었다.

"아니! 그것도 못 해…."

쓸쓸한 표정이 시어머니 얼굴에 들어차자, 괜한 질문을 했다 싶어 나는 입을 꾹 닫아버렸다.

"그런데 말이야…"

할 말이 있다는 듯 시어머니가 눈을 반짝였다.

"저 녀석이 저래 봬도 물 마시고 컵을 씻어서 올려두는 아이야. 어디 그뿐이야? 집 현관에 있는 신발들을 모두 정리하지, 학교에서도 다른 친구들 신발 정리까지 해준다잖아. 그러니까 가만히 지켜보면 저 녀석도 잘하는 일이 있긴 있어."

시어머니 눈에 쓸쓸함 대신 대견함이 스미고 있었다.

우리에게도 잘못 얹힌 두 장의 벽돌이 있지 않을까? 자꾸 눈에 거슬리고, 할 수만 있다면 그 두 장만 쏙 빼서 반듯하게 얹고 싶은 벽돌, 하지만 그럴 수 없는 벽돌! 그런데 어쩌면 눈엣가시처럼 보이는 두 장이 998장의 아름다움을 더 부각시키는지도 모를 일이다.

우리가 잘못 얹힌 두 장에만 몰입해 있는 동안, 나머지 벽돌들이 우리의 관심을 애타게 기다리고 있다고 생각해보자. 문득 가슴 한켠이 든든해지고 부자가 된 것 같지 않은가? 이제 998장에 온전히 집중해 각자가 쌓은 벽의 아름다움을 느껴보는 것은 어떨까?

슬럼프를 극복하세요 2

글쓰기 내공이 아무리 탄탄한 사람이라 해도 피할 수 없는 병이 있다. 일명 '내 글 구려병'!

다른 사람들 글은 늘 멋지고 깔끔한데, 유독 내 글만 아주 구려 보이는 몹쓸 병이다. 1년 넘게 매일 블로그에 글을 쓰는 나도 그 병에 여러 번 걸리고 말았다.

'그렇게 많이 썼는데 왜 글이 아직도 이 모양이지?'

부끄러움과 함께 자괴감이 심하게 몰려온 탓에 다음 글을 쓰기가 망설여졌고 급기야 글쓰기 자체를 내려놓고 싶은 마음마저 들었다. 어떻게든 극복하고 싶었던 나는 글쓰기 관련 책들을 탐독하며 해답을 얻으려 노력했다. 하지만 좋은 방법도 없을뿐더러 기껏 알아낸 방법이라고 해봐야

마인드 컨트롤 같은 그야말로 효과가 미미한 것들 뿐이었다.

   그러다 나 스스로 슬럼프 극복 방법을 발견했다. 내게 가장 효과적인 방법은 다름 아닌 오래전 내 글을 읽는 것이다. '어차피 쓴 사람이 같은데 자기 글을 읽어서 뭐 해?'라는 생각이 먼저 들지 않는가? 사실 바로 그 점이 핵심이다!
   나의 글쓰기가 얼마나 발전했는가를 알려주는 것은 글쓰기 선생님이 아니라 바로 나의 예전 글이다. 글이 오래되면 오래될수록 좋다. 아주 옛날에 자신이 쓴 글을 읽어보라. 가능하면 소리 내어 읽어볼 것을 권한다. 중간중간 나무 둥치가 발을 걸기 위해 포진한 듯 글이 매끄럽지 않고, 자꾸만 읽기 속도가 느려지는 것을 느낄 수 있을 것이다. 어디 그뿐인가? 표현도 투박하고 글의 구성도 허술하기 짝이 없다. 그렇게 한참 읽다 보면 절로 머릿속에 떠오르는 생각이 있다.
   '누가 썼길래 글을 이렇게 못 썼지?'
   그래, 바로 나다!

이제 최근에 쓴 글, '내 글 구려병'에 걸리게 했던 그 잔인한 녀석을 읽어볼 차례다. 이번에도 소리 내어 읽어보자. 분명 아까보다 나무 둥치 수가 많지 않고 제법 쓸 만한 표현들도 등장할 것이다. 마무리를 깔끔히 하려고 나름 애쓴 흔적도 보이고 어느 대목은 물 흐르듯이 매끄러운 느낌도 살짝 들 것이 틀림없다.

자, 이제 마음을 가다듬자. 내가 쓴 글은 가끔 구리다. 인정하자. 하지만 완전히 구린 건 아니다. 쓸 만한 구석이 있을 뿐 아니라, 옛날에 비해 크게 발전한 것이 사실이다. 그럼 앞으로 더 발전할 수 있지 않을까? 또다시 '내 글 구려병'이 나를 찾아오면, 나는 오래전 내 글을 읽으며 중얼거릴 것이다.

'누가 썼길래 글을 이렇게 못 썼지?'

사소한 내용을 쓰세요

한때는 누군가의 성공 신화와 같은 멋진 이야기를 담은 책들이 인기를 끌었다. 하지만 요즘은 아무도 그런 이야기에 관심을 기울이지 않는다.

오히려 '이런 이야기도 책이 될 수 있어요?'라는 말이 절로 나올만한 주제들이 베스트셀러가 되곤 한다. 대표적인 책이 바로 《죽고 싶지만 떡볶이는 먹고 싶어》일 것이다. 이 책은 호불호가 갈리지만, 큰 인기를 끌었다. 저자가 책을 쓴 이유 또한 무척 흥미롭다.

왜 사람들은 자신의 상태를 솔직히 드러내지 않을까? 너무 힘들어서 알릴만한 힘도 남아있지 않은 걸까? 난 늘 알 수 없는 갈증을 느꼈고 나와 비슷한 사람들과의 공감이 필요했다. 그래서 그런 사람들을 찾아 헤매는 대신 내가 직접 그런 사람이 되어 보기로 했다. 나 여기있다고 힘차게 손 흔들어보기로 했다. 누군가는 자신과 비슷한 내 손짓을 알아보고, 다가와서 함께 안심할 수 있었으면 좋겠다.

- 백세희, 《죽고 싶지만 떡볶이는 먹고 싶어》

　자신과 비슷한 사람들의 책을 읽고 싶어서, 혹은 그런 사람의 이야기를 듣고 싶어서 찾고 또 찾아봤지만 찾지 못한 것이 책을 쓰게 된 이유이다. 내가 지금 이 책을 쓰고 있는 이유 또한 마찬가지다. 간혹 '블로그에 올린 글을 추려서 책으로 냈어요'라는 저자들은 발견할 수 있다. 하지만 자신이 경험한 블로그 글쓰기와 책 쓰기 노하우를 알려주는 저자는 찾을 수 없었다. 내가 유일하거나 처음이라면 책으로 낼 이유가 충분하지 않을까? 혹은 이미 책으로 나온 이야기지만 내가 그 내용과는 조금 다른 경험과 생각을 가지고 있다면 그 또한 책으로 낼 충분한 이유가 될 수 있다.
　시중에 '경험'을 다룬 책은 차고도 넘친다. 그런데도 나와 똑같은 경험을 한 사람은 존재하지 않는다.

신문 도둑인 이웃이 매일 우리 집 신문을 훔쳐가고, 형사가 와서 선량해 보이던 옆집 아저씨를 잡아가고, 채팅 번개를 할 때마다 특이한 사람들이 나오고, 다국적 기업에서 다양한 사람들과 일해 본 경험들! 물론 저마다 특별한 경험들을 가지고 있지만, 나의 경험은 오직 나를 통해서만 생생하게 서술될 수 있다.

이런 내 경험을 한 꼭지씩 써서 블로그에 올렸고 그 내용으로 출간한 책이 《이런 경험 나만 해봤니?》이다. 지극히 사소하고 개인적인 이야기를 담았지만, 그 안에는 보편적인 정서가 깔려있다. 덕분에 경험 자체에는 호불호가 있을지언정 메시지에는 공감하는 경우가 많았다.

당신만의 사소한 이야기, 개인적인 이야기를 써보라. 너무 개인적인 소재라서 걱정이라면 서점을 방문해 인기 도서들을 살펴보자. '나는'으로 시작하는 책 제목들이 너무 많아서 깜짝 놀랄지도 모른다.

자신의 이야기를 책으로 담아내고 공감할 독자를 찾는 저자들이 얼마나 많은지 확인하고 나면 당신의 소소한 이야기가 절로 근사해 보일 것이다.

끈기를 발휘하세요

책《예비작가를 위한 출판백서》에서 한 꼭지의 제목이 굉장히 인상적이었다.

끝을 보지 못하는 사람은 책을 만들지 못한다

흔히 글을 쓰는 행위를 타고난 재능이나 순간적인 영감으로 하는 일이라고 착각하기 쉽지만 사실은 엉덩이로 하는 일이다. 200페이지 분량의 책을 쓰려면 10만 자 정도의 글자를 써야 한다. 단어의 선택과 문장의 배열, 글의 흐름과 전체적인 구조까지, 꼼꼼히 살펴야 할 것들이 한둘이 아니다. 따라서 글을 쓰는 일은 고도의 정신적인 활동인

동시에 노동집약적인 행위이므로 끈기를 발휘해야만 한다.

누구나 의욕적으로 시작하지만 마지막까지 해내는 사람은 많지 않다. 100일, 30일, 50일 이런 식으로 구체적인 기간을 설정하고 A4 반장, 1장, 1장 반으로 분량을 설정한 이유가 여기에 있다. 끝이 있어야 목표를 보고 달릴 수 있고 결승선을 통과하는 즐거움도 얻을 수 있기 때문이다.

물론 그럼에도 불구하고 포기하는 사람들이 대부분이다. 만약 당신이 A4 1장 반 쓰기 50일을 달성했다면 당신은 대단한 끈기를 가진 사람임이 틀림없다. 50일 동안 당신의 자존감이 올라간 것은 물론이고 내면도 충분히 변화했을 것이다. 그러니 끈기 있는 자신을 충분히 칭찬해주자.

3장

블로그로 책 쓰기 고급편

40일 만에 책 한 권 쓰기

내가 쓴 에세이 《오늘도, 별일은 없어요》와 《공감의 온도》는 블로그에 각각 40일 동안 A4 2장씩 쓴 꼭지들을 모아 출간한 것이다. 《오늘도, 별일은 없어요》는 최종 단계에서 한 개의 꼭지가 빠져 총 39개가 실렸고, 《공감의 온도》는 40개가 그대로 묶여 책이 되었다.

꼭지를 묶어 한 권의 책으로 내려면 기본적으로 통일된 이야기나 공통점이 있어야 한다. 그렇다고 처음부터 끝까지 하나의 주제만 다루면 지루함을 피하기 힘들다. 이런 문제점을 감안해서 나는 하나의 큰 주제를 '나의 이야기/너의 이야기/그녀의 이야기/우리들의 이야기'로 세분화하여 관련 이야기를 꼭지로 적었다. 사실 따지고 보면 우리가 블로그에 올리는 이야기 중 가장 풀어내기 쉬운 이야기는 이 범주에서 크게 벗어나지 않는다. 따라서 중요한 점은 평범한 주제로 얼마나 깊이 있는 글을 쓰느냐인 것이다.

《오늘도, 별일은 없어요》에는 나의 어릴 적 경험을 많이 담았다. 바비 인형이 갖고 싶었던 마음, 아빠가 만들어준 연으로 상을 탄 경험, 친구들의 아픔을 알게 된 계기, 아빠의 직업에 관한 이야기들까지 나의 실제 경험을 솔직하게 서술하다 보니 비교적 담백한 이야기들이 많다. 물론 엄마에 관한 이야기 등 깊은 아픔을 다룬 내용을 쓰면서 몇 번이나 울컥해 마음을 추슬러야 하기도 했다.

그런가 하면 《공감의 온도》에는 다른 책에서 읽었던 공감 가는 내용을 활용해 나의 이야기를 풀어쓴 꼭지들이 많다. 다른 저자의 경험이나 생각에 내 경험을 더하니 공감이 한층 깊어졌고 그 덕분에 생동감 있는 꼭지를 많이 쓸 수 있었다. 《공감의 온도》를 쓰는 40일 동안 나는 독자들에게 힘을 주고 싶다는 마음이 간절했다. 누구나 살다 보면 힘든 시기가 오고 그 시기가 영원히 계속될 것만 같은 불안에 힘들어한다. 그럴 때 의지가 되는 한 문장을 내 책을 통해 만날 수 있다면 더없이 좋을 것 같았다.

나의 블로그에는 '소확공'이라는 게시판이 시리즈로 있다. '소확공1'이 100일 쓰기의 시작이다. 뒤이어 '소확공2'에서는 100꼭지 쓰기에 도전했고 100꼭지 중 추려낸 꼭지로 《나는 후보 3번입니다만…》이라는 자기계발서를 펴냈다. '소확공3'은 《이런 경험 나만 해봤니?》로 출간되었고 '소확공4'는 《오늘도, 별일은 없어요》, '소확공5'는 《공감의 온도》로 재탄생했다. ('소확공'은 가바사와 시온의 책 《소소하지만 확실한 공부법》에서 가져온 말이다)

실제로 내가 쓴 방법인 매일 A4 2장씩 40일 쓰기에 도전해 보자. 너무 광범위한 주제 대신 자신의 경험과 관련된 소소한 이야기들을 적어 나가다 보면 어느새 한 권의 책으로 출간될 수 있을 것이다.

30일 만에 책 한 권 쓰기

A4 2장씩 40일 쓰기보다 한층 강도 높은 것이 A4 3장씩 30일 쓰기다. 일종의 도전이자 모험을 해본다는 심정으로 나는 30일간 A4 3장씩을 꼼꼼히 채워나갔다. 물론 A4 3장 쓰기는 쉽지 않다. 기승전결의 재미는 물론 디테일도 살려야 하고 무엇보다 쓸 에피소드가 명확해야 한다. 그래서 인상적인 경험 중에서 되도록 재밌는 것만 추려서 꼭지를 만들었고 최대한 자세히 묘사했다.

중간에 힘들어서 위기가 오긴 했지만 30일 동안 꾸준히 쓰는 데 성공해 이 글들은 《이런 경험 나만 해봤니?》라는 경험 에세이로 출간되었다. 그러니 명확하게 쓸거리가 확보되어 있다면 30일 책 쓰기에 도전해 보자. 집중력과 좋은 컨디션만 있다면 얼마든지 가능한 일이며 한 달 만에 책을 완성할 수 있는 절호의 기회가 될 것이다.

30일 책 쓰기의 주의점은 다음과 같다.

첫째, 한 꼭지가 길기 때문에 글의 가독성을 살리는 데 집중하라.

A4 2장을 읽다가 3장을 읽으면 단번에 길이가 길다는 걸 체감할 수 있다. 보통 블로그 글을 휴대폰으로 읽기 때문에 마지막까지 집중력을 높이려면 가독성이 뛰어나야 한다. 그러므로 단문을 활용하고 대화 형식을 많이 사용하는 것이 좋다.

둘째, 퇴고의 부담을 줄이기 위해 휴대폰으로 여러 번 글을 읽고 다듬어라.

블로그로 책 쓰기의 최대 장점은 바로 퇴고가 쉽다는 것이다. 퇴고 과정을 힘들여 할 필요 없이 휴대폰으로 읽으며 바로바로 고칠 수 있어서 편하고 좋다.

셋째, 한 꼭지에 너무 많은 이야기를 담지 마라.

한 꼭지 분량이 늘어나면 부담감이 생겨서 이런저런 잡다한 이야기를 넣기 쉽다. 그러다 보면 내용이 산만해지고 금세 지루함을 줄 수도 있으니 중심적인 이야기를 처음부터 끝까지 끌고 가서 전하고자 하는 메시지를 분명히 전달하도록 노력해야 한다.

내가 A4 3장 쓰기에 도전한 것은 순전히 글쓰기 근육을 강화하기 위해서였다. 글의 분량을 조금씩 늘려가다가 매일 A4 3장도 가능할지 의구심이 들었고 내공을 탄탄히 쌓기 위한 일종의 모험을 시도한 것이다.

A4 3장 쓰기에 성공한 후, 다시 A4 2장 쓰기를 하면 '이렇게 짧게 써도 되나?' 하는 생각이 들 정도로 쉽고 짧게 느껴진다. 실제로 나는 A4 3장씩 30꼭지 쓰기를 마치고 곧바로 A4 2장씩 40꼭지 쓰기를 했는데 기간이 늘어났음에 불구하고 전혀 힘들지 않았다.

이러한 글쓰기 훈련법을 통해 일반적으로 말하는 '글쓰기 근육을 기른다'는 것의 의미를 확실하게 체감했다. 또

한 글쓰기 분량을 늘렸다 줄였다 할 수 있으면 그다음은 한결 긴 글 쓰기가 편안해진다는 깨달음도 얻었다.

그러니 내가 이 책에서 제시한 방법대로 분량을 조금씩 늘려가기를 바란다. A4 반장 100일 쓰기, A4 1장 30일 쓰기, A4 1장 반 50일 쓰기, A4 2장 40일 쓰기, A4 3장 30일 쓰기를 순서대로 하면 된다. 충분히 훈련되었다면 A4 1장 반 50일 쓰기부터는 묶어서 책으로 만들겠다는 의지를 다져 보자. A4 7~80장 정도를 완성한다는 마음으로 매일 정해진 분량을 채워가기만 하면 된다.

글을 쓰는 이유를 생각하자

책《마흔, 나를 위해 펜을 들다》에는 저자인 김진이 수강했던 소설 창작 수업에 관한 에피소드가 나온다.

선생님이 "소설을 왜 써야만 할까요?"라는 근원적인 질문을 던졌을 때, 수강생들 누구도 쉽게 대답하지 못했다. 그러다 한 수강생이 이렇게 대답했다.

"우리가 글을 쓰는 이유는 존재에 대한 배고픔 때문일 지도 몰라요."

그 순간, 저자는 오랫동안 찾던 답을 찾은 듯 마음이 채워졌다고 한다.

'존재에 대한 배고픔'

나 또한 그 대목을 한참 들여다봤다. 그리고 깨달았다. 내가 글을 쓰는 이유도 이거였구나!

성장기에 나를 관통하던 정서는 무엇이었을까? 외로움, 불안, 허무, 부담감, 슬픔…. 어떤 정서든 그 정서가 글을 쓰는 원동력이 된다.

우리 내면에 결핍된 무엇은 늘 채워지길 기다리고 있다. 살면서 다양한 방법으로 채울 수 있겠지만 글쓰기도 결핍을 채울 수 있는 유익한 방법 중 하나이다. 내면을 들여다보고 자신을 다독이다 보면 결국엔 스스로를 더 잘 이해하게 되니까.

저자는 자신에게 이렇게 물었다.

'나에게 글쓰기라도 없었다면 나는 무엇을 어떻게 받아들일 수 있었을까?'

그 물음 앞에서 나는 또 한참을 서성였다. 아마 앞으로도 스스로에게 계속 던질 질문이자 확신이 아닐까?

벽을 넘어 써보자

글쓰기 책을 보면 글쓰기로 내면을 치유했다는 이야기가 심심찮게 나온다. 하지만 실제로 경험해보지 못한 사람들에게는 공감이 잘 되지 않는 그저 먼 이야기일 뿐이다. 그리고 내면 치유를 위해서는 우선 넘어야 할 장애물이 있다.

자신의 이야기를 글로 표현할 때 대부분의 사람들이 심리적 장애물을 만나곤 하는데 이 벽을 넘어야 본격적인 내면 치유가 시작된다. 예상할 수 있듯이 벽을 넘기란 그리 간단하지 않다.

이에 관해 내가 블로그에 쓴 글 일부를 소개한다.

약속 시간보다 일찍 도착한 탓에 그녀 혼자 사무실을 지키고 있었다. 가만히 앉아있기 심심해진 나는 수다스러운 아줌마 모드로 이런저런 질문을 해대기 시작했다.

"편집자님! 원래 편집자가 꿈이셨어요?"

"아니요. 우연히 이 일을 하게 되었어요. 하다 보니 적성에 맞는 것 같고요."

사람 좋은 웃음을 보이며 그녀가 대답했다.

"그럼 혹시 직접 글을 쓰시진 않나요?"

온종일 누군가의 글을 들여다보면 내 속에 쌓인 이야기를 풀어내고픈 욕망이 절로 자극되지 않을까 싶어 내가 물었다.

"아…. 그게… 사실은 글쓰기 수업을 듣긴 했어요."

불시에 날아온 질문을 미처 피하지 못했다는 듯 그녀가 난감한 표정을 지었다.

"그럼 글을 쓰시겠네요?"

박수를 짝, 치며 내가 반색했다.

"아뇨…. 그게 쉽지 않더라고요. 그리고 결정적으로…."

적당한 말을 고르는 동안 그녀의 눈알이 데굴데굴 굴러다녔다.

"글쓰기 수업 선생님이 저한테 그러더라고요. 넘어야 할 벽을 넘지 못한다고. 그 벽을 넘어야 비로소 글을 쓸 수 있다고요."

더 세세하게 설명해야 하나 말아야 하나, 기로에 선 듯 그녀가 애매한 웃음을 흘렸다. 그럴 필요 없다는 뜻으로 내가 얼른 고개를 끄덕였다. 언뜻 난해하고 불분명해 보이는 그 '벽'을 나는 충분히 이해하고 있었기 때문이다. 그 벽 앞에서 손톱을 깨물고, 발을 동동 구르다 결국엔 울음을 터뜨렸던 지난 시간들이 휘리릭 지나가는 것만 같았다.

"그렇군요. 언젠가 그 벽을 넘으시겠죠. 그리고 좋은 글을 쓰실 거예요."

그렇게 말하며 나는 진심으로 그녀를 응원했다.

글을 쓴다는 것은 표현의 욕구를 충족시키는 활동이지만, 동시에 내 속의 견고한 벽과 싸우는 일이기도 하다. 내 이야기를 꺼내놓기 부끄러운 마음, 나를 초라하게 만들 것 같은 두려움, 차마 글로 쓰기 힘들어 외면하고 싶은 이야기들까지… 우리를 막아서는 것은 무수히 많다.

누군가 말하길 글을 쓰고 책을 쓰는 일은 벌거벗고 광장에 서는 것과 비슷하다고 했다. 그만큼 두렵고 부담스러운 일이기 때문이다.

그런데 누구나 다 두렵다! 블로그에 글을 올리는 사람도, 초보 작가도, 심지어 대작가들도 모두 두려워한다. 그럼에도 시도하는 것이다. 그 시도들이 나를 부수는 대신 오히려 견고히 한다는 걸 알기 때문이다.

싸움에서 이기기 위해서는 일단 각자의 장애물을 대면해야 한다. 어쩌면 예상외로 그리 견고하지 않을지도 모른다. 반대로 너무 단단해 우리에게 상처를 입힐 가능성도 있다. 그런데 어느 쪽이든 상관없다. 중요한 건 괴로워도 시도할 가치가 충분하다는 사실 뿐이다.

작가 아나이스 닌은 글쓰기에 관해 이렇게 말했다.

글을 쓴다는 것은 자신을 송두리째 준다는 것을 뜻한다. 주기를 망설이며 글을 쓰는 것은 불가능하다. 가장 훌륭한 작가는 모든 것을 내주는 작가다. 작가는 어떤 형태로든 자신을 노출하는데, 그 위험을 감당해야만 한다.

그러니 일단 한번 시도해보자. 주기를 망설이지 말고 눈을 질끈 감고 글에게 자신을 송두리째 내어줘 보자. 과연 우리 내면에 어떤 변화가 있을지 궁금하지 않은가?

내적 저항을 극복하자

"매일 블로그에 글 올리기 힘들지 않아요? 건너뛰고 싶을 땐 어떻게 해요?"

누군가 물었다.

"힘들죠. 하지만 저는 양이 쌓여야 질적인 변화가 온다고 믿어요. 하루에 딱 하나씩 묵묵히 양을 쌓아가는 중이랍니다."

1년이 넘게 매일 블로그에 글을 올리고 있지만, 나도 때때로 격렬한 내적 저항에 부딪힌다. 그럴 때는 바로 글을 쓰지 않고 카페며 뉴스들을 구경한다. 그러다 '이제 슬슬 써볼까?'라는 생각이 들 때 비로소 글쓰기를 시작한다. 아니면 차라도 한 잔 준비해 옆에 두거나, 그도 아니면 거실을 이리저리 배회하며 시간을 보내다 의자에 앉을 때도 있다.

소설가 김형수는 이렇게 말했다.

내적 저항이라는 말이 있습니다. 작가가 글을 쓸 때 어떤 분들은 천부적인 재능이 있어서 그냥 휘갈길 것으로 생각하는데 사실은 그렇지 않습니다. 문학적 자부심이 큰 사람은 자기 눈높이 때문에 한 구절 한 구절에 상당한 공력을 들이지 않을 수가 없습니다. 그런 까닭에 작가들은 글 쓰는 걸 꽤 무서워합니다. 쓰고자 하는 것이 있어도 엄두가 나지 않을 때가 많아요.

- 김민태, 《일단 오늘 한 줄 써봅시다》

이 글을 읽으며 크게 안도했다. 경력이 화려한 작가들조차 글쓰기를 두려워한다니, 가끔 느끼는 암담함과 막막함이 나만의 것이 아니라니 얼마나 다행인가 싶어서였다.

그래서 유명한 작가 중에는 글쓰기를 위한 자신만의 의식을 치르는 사람들이 많다. 운동이나 명상, 샤워를 하거나 커피를 타서 컴퓨터 앞에 앉는 것으로 글쓰기를 시작하는 작가들도 있다.

이렇듯 유명 작가들도 글쓰기를 시작하기 힘들어하는데, 우리처럼 내공을 쌓아야 하는 사람들은 오죽할까. 그러니 강력한 내적 저항을 방지하기 위해서라도 자신만의 의식이 있으면 좋다. 계속 반복하다 보면 어느새 의식과 글쓰기를 하나의 조합으로 인식하게 되고, 비교적 수월하게 내적 저항을 이겨낼 수 있기 때문이다.

나는 힘들 때마다 제인 스마일리의 말을 떠올린다.

매일매일 글쓰기를 하다 보면 어느 지점에서는 비행기가 이륙하듯이 일종의 도약이 일어나리라는 것을 알게 된다.

그 도약을 경험하기 위해서 우리도 내적 저항을 극복해보자.

자기 효능감을 위해 쓰자

내가 매일 한 꼭지의 글을 쓰는 걸 보고 사람들은 아이디어가 늘 샘솟을 거라 생각한다. 하지만 절대 아니다! 저녁때까지 다음 날 쓸 만한 아이디어가 떠오르지 않으면 머리를 싸매고 고민한다. 명상도 하고 브레인스토밍도 하고 혼자 뭔가를 끄적거리다 책을 읽기도 한다. 그런데도 이렇다 할 아이디어가 떠오르지 않으면 그야말로 맹렬하게 머릿속을 헤집으며 쓸 거리를 찾는다. 그러다 결국 어떻게든 찾아낸다.

다음날 생각한 주제로 글을 쓰면서도 제대로 쓰고 있는 건지 확신이 들지 않아 끙끙거리기를 여러 번. 겨우 글을 다 쓴 후에는 소리 내어 읽으며 계속 문장을 고친다. 가끔은 다 써놓고 너무 마음에 들지 않아 아예 다른 주제로 처음부터 다시 쓰기도 한다.

이 힘든 일을 왜 계속할까? 궁금하지 않은가?

바로 '자기 효능감' 때문이다. 자기 효능감이란 말 그대로 '자신의 능력에 대한 믿음'이다. 누구나 익숙지 않은 도전 앞에서는 자기 효능감이 낮을 수밖에 없다. '내가 과연 할 수 있을까?' 라는 의구심이 들기 때문이다.

자기 효능감을 높이는 가장 좋은 방법은 '작은 성공'을 계속 경험하는 것이다. 쓸 주제가 떠오르지 않아 전전긍긍하다가도 나는 기필코 주제를 생각해내 한 편을 완성한다. 자기 효능감을 높이고 싶기 때문이다. 이렇게 작은 성공을 쌓으면 중간중간 실패하더라도 타격이 덜하고 다음번에도 성공할 수 있다는 믿음을 얻을 수 있다.

글쓰기 효능감도 마찬가지다. 정해진 분량을 완성하고 나면 글쓰기 효능감이 높아지고 할 수 있다는 확신이 쌓이게 된다. 오늘 성공했으니 내일도 성공할 거란 믿음, 그 믿음이야말로 우리를 더 근사한 사람으로 만드는 것이 아닐까?

아이디어는 특별하지 않다

미국에서 가장 뛰어난 저널리스트이자 역사가인 데이비드 햄버스탬이 말했다.

책은 아이디어다. 일단 아이디어가 떠오르면 책은 그냥 흘러나온다. 아이디어를 떠올리고 그것의 핵심을 포착하고, 뒤쫓고 이를 우리가 오늘날 살아가는 방식에 대해 말해주는 이야기로 바꾸는 것이 책 쓰기다.

우리 모두 아이디어를 가지고 있다. 그 아이디어를 어떻게 글에 담아내느냐에 따라 책이 될 수도 있고 그냥 아이디어로 남을 수도 있는 것이다. 그러니 당신의 아주 평범한 아이디어를 글로 펼쳐보자. 사소한 취미와 습관에 관한 이야기는 그 자체로 소소해서 재미있으니 누구에게나 어필할 수 있다.

책 쓰기 코치 송숙희 님은 글쓰기를 배우려는 사람에겐 책 쓰기를 목표로 글을 쓰게 한단다. 아예 더 큰 목표를 주어 좌절과 성취감을 동시에 주기 위해서다. 책 쓰기를 목표로 하면 전체적인 그림을 그릴 수 있고, 자신의 삶을 입체적으로 성찰하게 된다. 자신의 장단점과 성향, 취미에 관해서는 물론, 경험과 철학까지 두루 살펴볼 수 있으니 지엽적인 글쓰기보다는 전체를 아우르는 책 쓰기가 여러모로 이득인 셈이다.

그러니 글쓰기 능력을 높이기 위해 책 쓰기에 도전해 보자. 실질적인 성과를 얻지 못한다고 하더라도 크게 성장할 수 있는 기회는 얻을 수 있을 것이다.

블랙스완은 어디에나 있다

옛날부터 백조는 무조건 흰색일 거란 믿음이 강했다. 하지만 그 편견을 깨고 호주에서 검은 백조, 즉 블랙스완이 발견되었다. 이 일화로 '블랙스완'은 확률적으로 일어날 가능성이 없다고 여기는 일이 실제 일어나는 경우를 일컫게 되었다. 누구도 예측하기 힘들지만 드물게 발생하는 일이 블랙스완인 셈이다.

실제 출판계에도 블랙스완이 많이 존재한다.

《죽고 싶지만 떡볶이는 먹고 싶어》가 대표적이다. 이 책은 독자들의 펀딩을 통해 출판되었고 대형 출판사들도 예상 못 한 판매 수익을 올리며 후속작까지 나올 정도로 큰 인기를 끌었다.

그런가 하면 2017년에 가장 많이 팔린 책, 이기주 작가의
《언어의 온도》는 1인 출판으로 출간하여 작가가 직접 발로
뛰며 홍보한 것으로 유명하다. 기존 대형 출판사들이 트랜
드를 분석하고 독자의 취향을 면밀히 조사해 시장에 뛰어
드는 것을 감안한다면 이런 블랙스완이야말로 우리 같은
일반인들에게 흥미로운 대목이지 않을까?

책을 쓰는 일에는 애당초 정해진 자격이 없다. 누구나 원
하기만 하면 쓸 수 있다. 그리고 그 덕분에 평범한 사람이
블랙스완이 되기도 한다.

실제 출판업에 종사하는 사람들조차 요즘은 잘 팔리는
책을 예측하는 것 자체가 무의미하다고 말한다. 독자들의
취향이 개별적이고 독특해졌기 때문이다. 1인 출판사 책
들이 베스트셀러가 되고 독립출판으로 나온 책이 일반 출
판사 책으로 재탄생되어 인기를 얻기도 한다. 유명인의 책
이 예상외로 팔리지 않거나 신인 작가의 책이 불타나게 팔
리는 경우도 있다.

아마 이 대목에서 당신은 이런 생각을 할 것이다.

'내 책이 블랙스완이 될 가능성은 너무 낮거나 아예 없어. 그런데 책을 내라고?'

블랙스완은 예측의 영역을 아예 벗어난 것이라 누구도 모른다. 자신의 책을 힘들게 팔러 다니던 이기주 작가는 처음부터 예상했을까? 자신의 책이 그해 가장 많이 팔린 책이 될지를. 이런 불확실성을 새로운 기회이자 가능성으로 바라보면 어떨까? 그러다 당신이 블랙스완이 될지 누가 알겠는가?

책 쓰기는 특별하지 않다

책 《일단 오늘 한 줄 써봅시다》의 저자 김민태 님은 EBS PD이면서 여러 권의 책을 집필한 작가이기도 하다. 사람들이 그에게 자주 묻는 질문 중 하나는 "언제부터 글쓰기에 소질이 있었어요?" 라는데, 그때마다 그는 이렇게 대답한단다.

"전 글쓰기에 소질이 있다고 생각해본 적이 단 한 번도 없어요."

물론 사람들은 그 말을 믿지 않는다. 책을 여러 권 낸 사람이 글쓰기에 소질이 없다는 말이 선뜻 이해되지 않기 때문이다.

나도 블로그 이웃들에게 비슷한 질문을 받곤 하는데, 사실 내 대답도 그와 별반 다르지 않다. 글쓰기를 아예 못하는 건 아니지만 그렇다고 내 글쓰기 실력이 탁월하다고 생각한 적은 한 번도 없다. 그저 쓰고 또 썼고 그 글이 모여 책이 되었을 뿐이다.

책을 많이 쓰기로 유명한 일본 작가 사이토 다카시에게 다작 비결을 물었더니 그는 이렇게 대답했다.

아마 글 쓰는 일을 그다지 엄숙하게 생각하지 않기 때문이죠. 마치 옷을 입고 벗는 것처럼, 때가 되면 밥을 먹는 것처럼 자신의 머릿속에 떠오르는 단상이나 아이디어를 언제 어디서나 그냥 풀어놓는 방법을 익히는 데 성공했기 때문입니다.

- 김민태, 《일단 오늘 한 줄 써봅시다》

그의 책을 읽어본 독자라면 누구나 느낄 테지만 그가 쓴 책에 어려운 내용은 거의 없다. 그만큼 대중적인 시각으로 쉽고 부담 없이 글을 쓴다는 뜻이다. 그러니 글쓰기와 책 쓰기가 그저 생각을 풀어놓는 것이라고 여긴다면 우리도 충분히 다작을 할 수 있지 않을까?

물론 글쓰기를 유독 어려워하는 사람들이 있다. 적절히 문장을 구성하고 단어를 선택하는 것을 힘들어하며 몇 줄 쓰는 것조차 버거워하는 사람들 말이다. 하지만 그런 사람들조차 책 쓰기가 아예 불가능한 건 아니다. 단순히 생각해보면 단어를 모아 문장을 만들고, 그 문장들을 모아 책을 만드는 것이기 때문이다.

글쓰기 전문가들의 말처럼 논리적인 글쓰기는 문학적 글쓰기보다 재능의 영향을 훨씬 덜 받는다. 섬세한 묘사를 해야 하는 문학이야 타고난 재능을 운운할 수 있겠지만, 비교적 담백한 글쓰기에는 재능보다 훈련과 노력이 필요하다.

그러니 블로그로 책을 쓰고자 한다면 책 쓰기가 특별한 활동이라는 환상을 버리는 게 좋다. 최소 1년 이상 당신이 관심을 가진 분야나 당신이 실천한 일, 습관적으로 하는 일, 좋아하는 일 중에서 주제를 선정하기만 하면 된다. 그리고 거기에 관한 글을 한 꼭지씩 써서 블로그에 올려보자. 40꼭지가 모이면 챕터를 네 개로 분류하고 10개의 꼭지를 한 챕터로 묶어주자. 심플하고 획기적인 제목을 생각하면 좋겠지만 그건 그리 중요하지 않다. 어차피 우리가 생각한 제목으로 출간되지 않을 확률이 훨씬 높으니까.

블로그에 40꼭지가 모이면 올린 글을 복사해서 한글 파일에 붙여 넣는다. 제일 앞 페이지에 제목과 차례를 써넣기만 하면 원고가 완성된다.

알다시피 퇴고도 간단하다. 블로그로 책 쓰기의 최고 장점은 퇴고를 언제 어디서나 휴대폰으로 할 수 있다는 것이다. 매일 하나의 꼭지를 블로그에 올린 다음 생각날 때마다 휴대폰으로 그 글을 읽어보자. 소리 내어 읽다 보면 조금 어색한 표현이나 단어가 눈에 들어올 것이다. 그럼 휴대폰으로 바로 수정하면 된다.

그리고 글은 묵힐수록 못 보던 점을 발견할 가능성이 높기에 2~3일이 지난 다음에 다시 읽어보면 좋다. 그렇게 몇 번 읽다 보면 자연스레 퇴고가 되므로 원고를 다 모아놓고 힘들게 퇴고할 필요가 없다. 자! 매일 한 꼭지씩 일단 쓰자. 생각날 때마다 휴대폰으로 퇴고하고 40꼭지를 모아 책 한 권 분량의 원고를 완성해보자!

점과 점의 연결을 기대하자

    내가 블로그에 한편씩 글을 올리기 시작했을 때, 매일 글 쓰기는 점 하나를 찍는 일과 같았다. 그러다 점 100개를 찍었을 때쯤 문득 이런 생각이 들었다.

    '이 꼭지들을 모아서 책으로 내면 좋지 않을까?'

    사실 연락이 안 올 거라 생각하며 투고를 시작했다. 그런데 투고한 지 이틀 만에 한 출판사로부터 전화를 받았고 그날 바로 출판사 사무실에서 계약을 했다. 나는 얼떨떨하고 신기해하며 잠시 들떴다가 이내 깨달았다.

    '내가 찍은 점 하나는 아무런 의미가 없어 보이지만 그 점들이 모이니 무언가 변화를 만들어내는구나.'

    기대하지 않았던 행운을 만난 후, 나는 블로그에 꾸준히 글을 쓰겠다 다짐했다. 그렇다고 하루에 점을 여러 개 찍는 과욕을 부리진 않았다. 딱 한 개! 지치지 않고 한 개씩만 찍는 것이 매일의 목표였다.

1권의 자기계발서와 3권의 에세이가 출간되고 내게 어떤 변화가 있었을까?

첫 번째, 나는 나의 정체성을 '글 쓰는 사람'으로 정했다.

이건 엄밀히 말해서 책이 출간되어서가 아니라, 블로그에 매일 글을 쓴 덕분에 가능했던 일이다. 작가라는 말은 고정된 '명사'인데 반해 글 쓰는 사람은 행동력이 포함된 '동사'다. 그런 의미에서 나는 스스로를 작가보다는 글 쓰는 사람이라고 생각한다. 만약 매일 점을 찍지 않았다면 나는 여전히 애매한 정체성으로 혼란스러워하고 있을지도 모른다.

두 번째, 독자에게 작은 위로를 건넬 수 있게 되었다.

SNS에 올라온 내 책의 리뷰를 읽은 적이 있다. 책을 읽다가 눈물을 왈칵 쏟은 건 물론이고, 위로가 되었다고 했다. 그 글을 읽는데 기분이 참 묘했다. 그리고 진심으로 감사했다. 나도 누군가를 도울 수 있어서 좋았고, 위로를 받았다는 말이 오히려 내게 큰 위로가 되어서 행복했다. 우리는 알게 모르게 모두 연결되어 있다. 그 연결로 긍정적인 에너지를 나눌 수 있다면 더없이 좋지 않을까? 이렇게 책을 통해 위로를 건넬 수 있었던 것도 매일 찍은 점 하나 덕분이다.

세 번째, 새로운 길을 발견하게 되었다.

지금의 변화를 이끈 첫 번째 점이 무엇이었는지 곰곰이 생각해보니 작년에 한 지역 카페에 올라온 글이었던 것 같다. 꾸준히 글을 쓸 사람을 모집한다는 글! 글쓰기 모임 때문에 나는 블로그에 글을 올리게 되었고, 그 글을 모아 4권의 책을 출간했고 지금 이 책을 쓰고 있다. 글쓰기 모임 글을 카페에서 발견하지 못했더라면, 모임에 참여하지 않았더라면, 혹은 블로그에 글을 올리지 않았더라면… 내가 과연 지금 이 책을 쓰고 있을까?

우리는 가끔 가만히 있는데 대단한 행운이 제 발로 찾아오리라 기대하거나, 누군가의 행운이 그저 우연이라고만 생각한다. 하지만 가만히 들여다보면 우연은 없다. '아무것도 하지 않으면 아무 일도 생기지 않는다'라는 말이 진리인 것이다. 일단 점 하나를 찍어야 한다. 그리고 다음 날 또다른 점을 옆에 찍어야 한다. 내가 점 100개를 찍은 후에 투고를 생각했듯이 점을 찍다 보면 어느 날 새로운 길이 보이기 마련이다.

꼭 책을 쓰지 않더라도 그저 매일 글을 써서 블로그에 올려보자. 그 글이 누군가에게 닿지 않더라도 당신 자신만은 그 메시지를 온전히 받아들이고 힘을 얻을 것이 분명하다. 글이 엉성하고 표현이 투박해도 전혀 상관없다. 어차피 글이란 자기표현 욕구와 소통 욕구를 위한 도구일 뿐이다. 열심히 표현하다 보면 논리력은 물론 문제 해결 능력과 글쓰기 능력까지 좋아진다. 어디 그뿐인가? 비판적 사고 능력과 의사소통 능력까지 좋아져 여러모로 유익하다. 그리고 무엇보다 매일 지치고 힘들어도 글로 스스로를 응원할

수 있게 된다. 마지막으로 글이 쌓이다 보면 생각지도 못
한 연결을 경험할 수도 있다. 그 연결이야말로 숨겨진 삶
의 묘미가 아닐까?

　그러니 일단 써보자. 당신 스스로를 위해서!

4장

블로그 글쓰기로 책 저자 되기

출판의 형태

출판의 형태에는 크게 세 가지가 있다. 기획 출판, 반 기획 출판, 자비 출판이다. 일반적으로 원고를 출판사에 투고해서 출판사가 책을 만들어 파는 형태가 기획 출판이고 자비 출판은 말 그대로 저자가 돈을 내고 출판사가 만들어주는 형태다. 자비 출판 전문출판사도 있으며 책 부수와 디자인 등에 따라 가격이 다르게 책정된다. 기획 출판과 자비 출판의 중간 단계인 반 기획 출판은 저자가 책 제작 금액의 절반 정도를 부담하는 형태다. 보통 저자가 종이값과 인쇄비를 부담하며 출판사는 편집, 디자인, 홍보 비용을 낸다고 생각하면 된다.

그리고 또 하나, 독립출판이라는 것이 있다. 작가가 비용을 내고 원하는 대로 책을 만드는 형태다. 책 가격은 물론 디자인까지 모든 것을 스스로 결정한다. 다만 ISBN(국제적으로 표준화된 방법에 따라 전세계에서 생산되는 도서에 부여되는 국제 표준 도서 번호)가 없기 때문에 일반 서점에서는 판매할 수 없고 독립서점에서 판매해야 한다. 문제는 독립서점이 대부분 규모가 작아서 한 서점에 많은 책을 비치하기 힘들다는 것이다.

대형 출판사 vs 중소 출판사

보통 대형 출판사에서 책이 출간되면 큰 행운일 거라 생각한다. 아무래도 대대적인 마케팅으로 이목을 끄는 데 성공할 가능성이 크기 때문이다.

그런데 김수영 작가의 유튜브를 보다가 새롭게 알게 된 사실이 있다. 매달 대형 출판사에서는 한꺼번에 많은 책이 출간되기 때문에 소위 밀어주는 책만 밀어준다는 것이다. 김수영 작가도 대형 출판사에서 책이 출간되어 잔뜩 기대하고 있었는데 제대로 된 홍보를 해주지 않는 바람에 크게 당황했다고 한다. 그래서 할 수 없이 스스로 북 토크를 열어 독자들과 만나며 홍보를 했단다.

그러니 대형 출판사에서 출간하는 게 꼭 좋은 것만은 아

닌 셈이다. 만약 밀어주는 책이 되면 좋겠지만, 아닐 경우
엔 중소 출판사에서 출간하는 것과 별반 차이가 없을 가능
성이 크다.

나는 2곳의 중소 출판사와 2곳의 1인 출판사에서 책을
출간했는데, 일이 진행되는 형태는 크게 다르지 않았다.
특히 요즘은 중소 출판사에서도 편집 및 디자인을 다들 외
주로 주는 경우가 많아서 출판사의 크기보다 편집자와의
협력 정도가 훨씬 중요한 것 같다. 그러니 시중에 나온 책
중에서 내가 내고자 하는 책과 비슷한 느낌의 책을 찾아본
후, 관련 분야에서 명성 있는 대형 출판사가 없다면 중소
출판사와 1인 출판사를 우선 공략해보는 것이 좋다.

투고 준비하기

투고를 위해서는 우선 자신이 쓴 분야의 책을 많이 출간하는 출판사를 찾아야 한다. 가장 좋은 방법은 서점에 가서 해당 분야 신간 제일 앞이나 제일 뒤의 판권 페이지에 적힌 출판사의 이메일 주소를 카메라로 찍어오는 것이다. 가능한 한 많이 찍어 와서 엑셀 파일에 정리하거나 메일 주소록에 저장하면 된다.

또 다른 방법은 출판사 홈페이지나 SNS에 기재된 이메일 주소를 모아 정리하는 것이다. 일일이 검색하는 어려움이 있지만, 출판사가 추구하는 방향성을 알기에는 더 좋을 수도 있다.

그리고 또 하나의 방법은 온라인 서점에서 책 미리보기

에 나온 이메일 주소를 수집해 보는 것이다. 다만, 최근에 올라온 미리보기에는 이메일 주소가 없는 경우가 많아서 가능성이 조금 낮은 것이 사실이다.

출판사 이메일 주소를 충분히 수집했다면, 이제 출간 기획서를 작성하자.

서식은 인터넷에서 쉽게 얻을 수 있으니 인적 사항과 내용을 채워 넣기만 하면 된다. 이때 주의할 점은 차별성을 강조해야 한다는 것이다. 이미 출간된 책들에 비해 내 책이 우수한 이유를 간단명료하게 설명하는 것이 좋다. 그리고 가능한 임팩트있게 작성하자!

또한 본인이 운영하는 SNS의 규모나 팔로워와 친구, 이웃 수를 강조해 출간 후 홍보에 유리하다는 점을 어필할 필요가 있다. 요즘은 출판사들이 저자의 인지도나 영향력에 상당히 의존하는 경향이 있다. 그래서 SNS 영향력이 큰 저자를 선호한다.

만약 SNS를 활발히 하지 않는 사람이라면 원고를 쓰면서 서서히 활동을 넓혀가는 편이 좋다. 사실 나는 블로그만 운영하고 있었는데, 한 출판사 대표님이 페이스북과 인스타그램의 영향력도 무시할 수 없다고 말씀하셔서 뒤늦게 가입했다. 활동해보니 미리 가입해서 이웃 수를 늘렸더라면 더 좋았겠다는 아쉬움이 들었다. 실제로 인스타그램은 책 홍보에 아주 용이하며 인스타그램을 통해 출판사가 서평단을 운영하는 경우도 많다. 그러니 미리미리 가입해서 홍보 채널을 마련해두자.

출간 기획서에는 원하는 책 제목을 적게 되어 있는데, 앞서 말한 바와 같이 크게 신경 쓰지 않아도 된다. 출판사에서 집중적으로 보는 것은 저자의 경력과 인지도, 홍보 채널과 차별화 전략이기 때문이다.

투고하기

투고는 몇 군데 하는 것이 좋은지 궁금해하는 경우가 많다. 보통 2~30군데씩 일주일 단위로 투고하라는 조언이 가장 흔하다. 이는 각 출판사마다 투고 메일을 확인하는 시기가 다른 것은 물론이고 답변을 주지 않는 경우가 많기 때문이다.

물론 때에 따라서 늦게 메일을 확인하기도 하지만 보통은 1~2주 안에 따로 연락이 없으면 반려된 것으로 생각해도 무방하다. 일반적으로 처음 책을 내는 경우라면 200군데 이상 투고하는 예도 흔하기에 계속되는 투고에 좌절할 필요는 없다.

투고 시 주의 점은 다음과 같다.

첫째, 단체 메일로 보내지 말자.

물론 여러 출판사에 투고하는 것이 정상이고 출판사들도 잘 알고 있다. 하지만 단체 메일로 보내면 편집자들이 불쾌해서 원고를 읽지 않는 경우가 많다고 한다. 기본적인 매너를 지키지 않는다는 이유 때문이다.

둘째, 바로 연락 오는 출판사는 꼼꼼히 따져봐라.

투고하자마자 연락이 오는 출판사 대부분은 기획 출판이 아니라 자비 출판인 경우가 많으니 반드시 잘 확인해보고 조심하자.

셋째, 출판사 이름을 잘못 적는 실수를 하지 말자.

나도 처음 투고할 때는 성의를 보이고자 출판사 이름 하나하나를 적어서 메일로 보냈다. 하지만 그럴 경우 괜히 출판사 이름을 잘못 적어 실례를 범할 위험만 커진다. 그러니 출판사 이름을 쓰지 않고 일반적인 멘트를 만들어 복사해서 붙이는 편이 낫다.

넷째, 원고와 출간 기획서만 보내면 안 된다.

한 편집자가 잘못된 투고에 관해 언급한 적이 있다. 메일에 아무 말도 쓰지 않은 채 파일 첨부만 한 경우 그 원고는 들여다보지 않는다고 한다. 그러니 메일 본문에 인사와 이름과 자기소개, 원고의 대략적인 내용을 짧게라도 반드시 언급하자.

다섯째, 실수로 같은 출판사에 두세 번 투고해도 자책하지 말자.

나도 많이 하는 실수다. 처음에는 좀 부끄러운 생각이 들었지만, 이제 아무렇지도 않다. 실제로 출판사 입장에서도 흔히 있는 일이기에 별 신경 쓰지 않는다고 한다.

계약하기

출판사 사정에 따라 다르지만, 보통 투고 후 1~2주 이내로 전화나 이메일로 계약하자는 연락이 온다. 물론 획기적인 원고라면 보내자마자 연락이 오는 경우도 있지만, 1~2주 안에 오는 것이 일반적이다. 이때 인세와 부수를 물어보고 선인세 유무도 확인하는 것이 좋다. 보통 계약 기간은 5년이고 양쪽 다 말이 없으면 자동 연장되는 형태다.

물론 그런 경우는 잘 없지만 간혹 '매절'을 요구하는 경우도 있으니 계약서를 잘 살펴보자. 매절이란 판매에 따른 인세를 받는 것이 아니라, 출간 계약 시에 일회성으로 원고료를 받고 끝나는 형태다. 책 판매가 저조할 시에는 이점도 있지만 반대로 책이 많이 팔렸을 때는 불리한 조건이

·므로 주의해야 한다.

선인세는 초판 부수에 따른 인세 중 일부를 계약금처럼 미리 주는 돈을 말한다. 보통은 30만 원에서 50만 원을 원고계약과 동시에 입금해준다. 이는 말 그대로 인세 중 일부를 '미리' 준 것이기에 출간 후에 선인세를 제한 나머지 인세를 받는다고 생각하면 된다.

요즘은 초판 1,000부를 찍는 것이 가장 흔하다. 간혹 1,500부를 찍기도 하지만, 초판을 다 파는 일이 쉽지 않다고 한다.

그리고 계약서에 사인하기 전에는 완전한 계약이 성사되지 않는다는 걸 기억하자. 책《예비작가를 위한 출판백서》의 저자 권준우 님은 구두로 계약을 맺었는데 결국엔 출간이 무산된 경험이 있다고 한다.

그런가 하면 나도 동화 한편을 계약하기 위해 편집자와 만나서 모든 사항에 대해 합의를 하고 등기로 계약서를 받기로 한 적이 있다. 그런데 차일피일 미루더니 결국 계약서가 오지 않았다. 중간에 편집자는 이런저런 핑계를 댔지만, 결론적으로 허무하게 시간만 낭비한 셈이 되고 말았다.

그러니 계약서에 사인하고 출판사와 저자가 한 부씩 나눠 가진 후에야 진짜 계약이 된다는 사실을 잊지 말자. 그 전에는 어떤 조건을 제시하든 조건이 얼마나 좋든 전혀 중요하지 않다. 핵심은 법적 효력이 있는 계약서를 내가 가지고 있어야 한다는 것이다.

인세

인세는 저작물의 출판·발매를 조건으로 발행자(출판사)로부터 저작자 또는 저작권자에게 지급되는 저작권 사용료를 의미한다. 보통 인세는 7~10%로 계약한다. 출판사에서 제시하는 인세에 만족하지 못할 경우 어느 정도 협상을 할 수 있으니 충분히 어필하는 것도 좋다. 간혹 신인이라는 이유로 심하게 깎으려는 출판사도 있으니 주의하자.

인세 지급 시기는 출판사마다 다르다. 팔린 부수를 계산해서 일 년에 한 번 정산하는 곳이 있는가 하면, 6개월에 한 번, 3개월에 한 번 정산하는 곳도 있다. 혹은 초판이 다 팔리고 2쇄를 찍을 때 초판 인세를 지급하기도 한다. 이는 출판사마다 정해진 규칙이 있어서 따로 협의하지 않으면 그냥 따를 수밖에 없다.

홍보하기

책이 출간되었다면 출판사는 출판사대로, 저자는 저자
대로 홍보를 시작한다. 내가 하는 소소한 홍보를 소개하면
다음과 같다.

첫 번째, 블로그에 신간을 소개하고 증정 이벤트를 연다.

보통 저자 증정본은 10권이다. 책이 출간되면 집으로 10
권을 보내주는데, 이는 지인들에게 나눠주는 용도로 쓰인
다. 나는 그중 3권을 블로그 이웃들을 위해 빼놓는다.

이벤트를 진행하는 동안 이웃들이 이벤트 게시글을 스
크랩해가면 입소문이 나서 홍보 효과를 얻을 수 있다. 이
벤트 종료 후 이웃 중 3분을 뽑아 책을 등기로 보내는데,

이때 책 첫 페이지에 손 글씨로 감사한 마음을 전하는 것도 잊지 않는다.

그리고 이벤트 외에 감사한 마음을 전하고 싶은 블로그 이웃에게도 선물로 책을 보낸다. 내 글을 읽어주고 공감해주는 것만으로도 고마운 일이기 때문이다.

두 번째, SNS에 신간 홍보를 한다.

인스타그램과 페이스북에 신간 사진을 올려 홍보한다. 물론 내가 아주 활발한 활동을 하지 않는 관계로 그리 큰 입소문이 되진 못하지만, 그래도 확실히 노출 기회가 된다.

세 번째, 지역 신문을 포함한 각종 매체에 올라오는 내 책 관련 이야기와 뉴스를 스크랩해서 블로그에 올린다. 이는 소소한 홍보 효과와 더불어 검색 가능성을 높여준다.

퍼스널 브랜딩

책을 쓰고자 하는 이들의 목적은 다양하다. 단순히 본인 이름으로 된 책 한 권 내기가 목표인 사람부터 나처럼 전업 작가가 되기 위한 사람, 강사가 되기 위한 발판으로 삼는 사람, 사업 홍보용으로 활용하는 사람들까지 각양각색이다. 목적이 무엇이든 책을 내면 퍼스널 브랜드를 갖게 되고 다양한 방식으로 활용할 기회가 생긴다.

나만 하더라도 동화만 쓰다가 에세이, 자기계발서를 거쳐 지금 이 책을 쓰고 있으니, 차츰 분야와 영역을 넓혀가고 있는 셈이다. 그리고 앞으로 더 다양한 책을 써볼 계획이다. 그러다 보면 우연히 발견하는 또 다른 영역이 생길 것이고 차후에는 더 흥미로운 일을 찾을지도 모르겠다.

물론 책을 써서 부자가 된다는 건 꿈만 같은 이야기다. 실제로 초판을 다 파는 일이 어렵고 기껏 초판을 팔아봤자 들인 노력에 비해서는 턱없이 부족한 보상이라고 느끼는 경우가 많기 때문이다. 그래도 꾸준히 쓰다 보면 노후를 위한 소소한 대비는 되지 않을까? 흔히 재테크 책에서 강조하는 머니 파이프라인을 구축하는 밑거름으로 생각하고 한 권 한 권 완성해가는 재미를 느껴보면 좋겠다.

5장

블로그에 매일 한편씩 올린 에세이

블로그에 올린 글만으로 책 4권을 연속 출간한 후에도 꾸준히 글을 써서 올렸다. 그 중 쓰고 싶은 이야기가 생각나 마음이 팔랑거린 순간에 쓴 글들을 모아 이 책에 담았다. 부디 독자들의 마음에 가 닿아 함께 공감할 수 있으면 좋겠다.

지극히 하찮은, 혹은 시시한

어떤 사람들에게는 사랑이란 게 지극히 하찮은, 혹은 시시
한 데서부터 시작되는 거야. 거기부터가 아니면 시작되지 않
는 거지.

- 무라카미 하루키, 《상실의 시대》

그 남자를 보면 구김 하나 없는 '빳빳한 도화지'가 떠올
랐다. 구김이 생길라치면 성능 좋은 다리미가 나타나 구김
을 훑고 지나갈 것 같았다. 그럼 언제 그랬냐는 듯 새것처
럼 말간 얼굴을 드러내며 구깃구깃한 내 도화지를 신기하
다는 듯 쳐다볼 게 틀림없었다. 네 귀퉁이는 물론, 몸 전체
가 상처, 뒤틀림, 불만 따위로 뒤덮여 있던 나는 그가 부러

위 질투가 나면서도, 그와 함께 있는 시간이 좋았다.

"넌, 날 왜 만나?"

누군가 그렇게 물으면, 나는 늘 장난 같은 대답을 하곤 했었다.

"네가 쓸쓸해 보여서 내가 특별히 만나 주는 거야."

그럴 때마다 상대는 본심을 알 수 없다는 듯 애매하게 웃어버렸다.

둘이서 히죽거리며 농담을 주고받던 어느 날, 내가 '빳빳한 도화지'에게 물었다.

"넌, 날 왜 만나?"

그쯤 다양한 도화지들을 만나봤던 나는 대표적인 변명들에 꽤 익숙한 상태였다. 그러니 '너랑 친해지고 싶어서', '네가 어떤 사람인지 궁금해서' 같은 말들이 나온다 해도 전혀 이상할 것 같지 않았다.

내 질문에 '빳빳한 도화지'가 특유의 맑은 웃음을 터트리며 대답했다.

"네가 좋아서!"

솔직해야 할 순간엔 솔직하지 못하고, 솔직하지 말아야 할 순간엔 솔직했던 나로서는 순간 당황스러웠다. 입 밖에 꺼낼라치면 나의 구김들이 가로막는 말을 그는 아무렇지 않게 할 수 있단 사실에 괜한 심통도 났었다.

넉넉한 유년 시절을 보낸 덕분에 그는 누군가의 마음이 '구겨진 도화지' 일 수도 있다는 걸 잘 이해하지 못했다.

"넌 가난이 뭔지 아니?"

내 질문에 그가 알 것도 같다는 얼굴로 고개를 끄덕였다.

"밥 굶어 본 적 있어?"

그가 눈을 끔뻑이며 가만히 있더니, 난데없이 깔깔 웃기 시작했다. 농담이 재미있다는 듯 가볍게 손사래도 치며 물었다.

"밥을 왜 굶어?"

빳빳해서 구김 하나 없는 도화지 위에 다리미가 쌩 지나갔다. 펼 주름이 없어 지루했던 참이라고 말하면서.

"난 굶어봤는데…."

믿을 수 없다는 시선이 내 얼굴을 훑고 지나갔다. 그를 만나면 매번 내 도화지의 구김들이 선명해졌다. 그리고 그때마다 구김을 날카롭게 세워 그에게 얄미운 말들을 뱉어내곤 했다. 그의 빳빳함이 부러워서, 내 구김이 초라해서.

하루는 같이 있다 집에 갈 시간이 되었다. 그와 있으면 시간이 너무 빨리 지나가는 통에, 나도 모르게 이런 생각을 했었다.

'아쉽다…'

마치 내 생각을 읽기라도 했다는 듯, 그가 말했다.

"아, 아쉽다. 우리 차 한잔하고 갈래?"

그 사소한 순간이었던 것 같다. '빳빳한 도화지'가 아주 좋아진 것은.

그 후, 그는 수시로 내 손에 다리미를 쥐여주며 이렇게 말했다.

"과거는 이미 지나갔어. 그러니까 과거가 만든 구김들도 그리 중요하지 않지."

나는 조심스레 내 구겨진 도화지에 다리미질을 했다.

물론 깊고 진한 구김들은 가벼운 손놀림으론 어림도 없었다. 그래도 멈추지 않고 다리미를 움직여댔다. 한참 후, '빳빳한 도화지'에 비해선 쭈글쭈글한 표면이었지만 제법 구김을 털어낸 도화지가 되었다.

그제야 나는 솔직할 용기를 얻었고, 그에게 이렇게 말했다.

"난 너랑 함께 있을 때의 내 모습이 참 좋아."

나의 솔직함을 막아서는 구김들이 사라진 자리, 그곳에 그를 닮은 해맑은 얼굴이 내려앉았다.

그때도 지금도 나는 믿는다.

'사랑은 지극히 하찮은, 혹은 시시한 데서부터 시작된다고. 둘 중 구김이 많은 쪽의 마음이 더 펴지는 거라고. 그리고 결국엔 함께 있을 때의 자신을 더 사랑하게 되는 거라고.'

속 파내기

하얀 꽃들 위, 가로등이 빛 물결을 만드는 시간, 공원에는 생동감이 파도처럼 넘실댔다. 아이들이 까르르 웃는 소리가 어른들 수다 소리에 떠밀려 밀물과 썰물처럼 왔다 갔고, 빠른 걸음으로 트랙을 도는 사람들의 거친 숨소리가 공원에 생기를 불어넣었다.

"저기 구석에 있는 아이, 뭐 하는 거야?"

구석 자리, 가로등 아래 한 아이가 고개를 한껏 아래로 당긴 채였다. 트랙을 돌던 나는 규칙적으로 움직이는 아이 팔이 신기해 눈을 떼지 못하고 있었다.

"글쎄, 그냥 쪼그리고 앉아있는 거 아니야?"

옆에서 걷던 우리 아이가 무심히 말했다.

"팔이 앞뒤로, 뭔가를 긁듯이 움직이고 있잖아. 바위 위에 그림을 그리는 건가?"

"그러고 보니 바닥을 문지르는 것 같은데?"

아이의 머리꼭지에 시선을 고정한 채, 우리는 빠른 걸음으로 트랙을 돌아 아이가 앉은 바위에 이르렀다. 까만 머리카락이 가로등 불빛에 반사되어 은빛 춤을 추는 순간, 내 시선이 아래로 쓱 미끄러져 아이 손에 닿았다. 오른손이 연신 'ㅣ'자를 그리며 움직이는 모양이 여간 신기해 보이지 않았다. 그건 대패질처럼 보이기도 했고, 정교한 목공예 작품을 만드는 장인의 손놀림 같기도 했다. 자세히 들여다보니 아이가 손에 뭔가를 단단히 쥐고 온 신경을 끌어모으고 있었다. 그러는 동안 왼손으로 바닥에 있는 나무를 단단히 잡은 모습은 도망가려는 나무를 포박한 듯 단호했다.

"저렇게 큰 나무는 어디서 구한 거지?"

나무 크기에 놀란 내가 혼잣말처럼 중얼거렸다. 아이는 제법 굵은 나무통을 날카로운 돌로 문질러 속을 파내고 있었다. 거칠고 딱딱해 보이는 나무껍질을 제거한 것도 놀라운데, 나무속을 절반쯤이나 파낸 것은 더 신기했다. 게다가 한두 번 해본 솜씨가 아니라는 듯, 아이 손이 움직일 때마다 나무속이 쑥쑥 달려 나왔다.

우리가 너무 열성적으로 구경한 탓일까? 아이가 머리를 획 들어 올려 우리와 눈을 맞추더니 이내 손을 털고 일어났다. 그리곤 친구들이 놀고 있는 농구대 아래로 쪼르르 달려갔다. 아이가 떠난 자리엔 비슷한 크기의 나무통들이 세 개나 더 있었다. 그것도 똑같이 반쯤 속을 파낸 나무통들이라 아이 솜씨가 꽤 능숙한 이유를 알 것도 같았다.

"대체 힘들게 속을 파낸 이유가 뭘까?"

아무리 생각해도 이유를 찾지 못하겠다는 듯 내가 물었다.

"그냥 파내는 게 재미있었던 게 아닐까?"

조금 전까지 아이 손에 들려있던 날카로운 돌을 구경하며 우리 아이가 말했다. 어쩌면 아이 말대로 그 반복적인 행위가 마냥 편안하고 즐거워서 계속했는지도 몰랐다. 내 시선이 옆으로 살짝 이동했다. 한쪽 편에 긁어낸 나무속이 봉긋한 언덕처럼 쌓여있었다. 순간 나무속을 파내듯 사람 속도 파내면 참 좋겠다는 생각을 했다. 파도 파도 차오르는 욕심, 기대, 집착을 저렇게 파낼 수 있다면 언젠가는 차오르는 일도 시들해져 속이 텅 비지 않을까 싶어서였다. 내 속에 차오르는 불필요한 감정들을 살피자 조금 전 속을 파내던 아이에게 기술이라도 전수받고 싶어졌다. 시원하게 속을 파내는 기술! 감정이 차올라 흘러넘치기 전에, 빠르고, 정확하게 속을 파내는 비법!

텅 빈 나무를 생각하며 발길을 돌렸을 때, 책에서 본 주목나무 사진이 떠올랐다. 사진은 특이하게 밖이 아닌 안에서 찍은 것이었는데, 표면에 생긴 구멍으로 빛이 반짝이고 있었다. 텅 비어버린 내부가 마치 안락한 집처럼 포근한 덕분에 내 마음까지 차분히 가라앉았다.

세월이 흐를수록 주목나무는 속을 비운다고 했다. 그 비운 공간에는 곤충이나 동물들이 들어와 살기도 한단다. 위험을 피하거나, 매서운 추위를 막아주는 대피 공간이 되어

주는 것이다. 살아있으면서 누군가를 위해 스스로를 내어주다니…. 그 생각에 이르러 나는 조금 아찔해지고 말았다. 나의 것을 나누는 것에도 깊이와 무게가 있다면, 스스로를 온전히 내어주는 것이야말로 가장 깊고, 무거운 것이 아닌가 싶어서였다.

속이 비고, 구멍이 뚫린 주목나무 곁에 바람이 불면, 그 소리는 낯선 악기 소리처럼 신비로울 것만 같다. 바람이 뚫고 들어오는 소리, 퉁! 텅 빈 속을 휘젓는 소리, 휘잉! 또 다른 구멍으로 빠져나가는 소리, 슝…! 빈속을 악기로 쓴다면 한없이 맑고 가벼운 소리가 나지 않을까?

다음 순간, 나는 즐거운 상상에 빠져들었다.

'주목 나무 안에서 바람을 피하던 동물이 악기 소리를 들으며 엄마 품을 떠올리겠지. 그러다 설핏 잠이 들면 동화 속 한 장면처럼 어느새 나무통 안에 꽉 들어찬 또 다른 친구들과 인사를 나누겠지. 함께 맛있는 요리를 해 먹다 서로의 다른 식성에 눈물 나도록 웃을지도 모르지. 하나둘 눈꺼풀이 무거워지면, 이야기 재주꾼이 '옛날 옛날에'로 입

담을 뽑내겠지. 구멍을 통해 쏟아져 들어온 별빛이 나무통 안에 찰랑대면 모두들 스르륵 잠이 들겠지. 몸을 내어준 주목나무도 새끼를 품은 어미 새 마냥 그들을 보며 흐뭇하게 웃어대겠지.'

집으로 가는 길, 여전히 부담스러운 감정들이 내 속에 차오르는 중이었다. 하지만 나무속을 파내던 아이 손놀림을 기억한 덕분에 감정이 흘러넘칠까 하는 걱정은 내려놓을 수 있었다. 척! 척! 투명한 손이 내 속의 감정들을 파내기 시작했다. 부질없는 욕심과 기약 없는 기대와 커져가는 집착…'딱 차오르는 속도만큼, 딱 그만큼만 파내자', 나의 중얼거림이 맑은 악기 소리처럼 공기를 울렸다.

국숫집에서

오래전, 애매한 사이의 남자와 밥을 먹기로 했다. 편하지도 그렇다고 딱히 불편하지도 않았지만, 우리의 시선이 마주치는 곳마다 온기보단 냉랭한 기운이 내려앉던 사이, 농담을 주고받지만 가끔은 유쾌하지 않은 뒤끝을 남기는 그런 사이였다.

"좋아하는 음식이 뭐야?"

"돈가스, 피자, 파스타!"

내가 후루루 말하자마자 못마땅하다는 듯 남자가 코를 씰룩였다. '왜 그런 음식을 좋아하냐?' 하는 표정이 눈치 없이 얼굴에 올라앉아 있었다.

"넌 뭘 좋아하는데?"

"국수!"

대단한 음식이라도 말한 양, 남자가 턱을 살짝 들어 올렸다.

"국수나 파스타나 똑같이 면이네 뭐."

어이없다는 듯 내가 툭 말했다. 그러자 재빨리 몸을 바로 세운 남자가 눈매에 힘을 주었다.

"국수와 파스타는 극과 극이야. 느끼한 파스타에 비해서 국수는 담백하고 개운하지. 너무 간단한 음식이라 제대로 맛을 내기도 어렵다고. 그러니 국수를 잘 만드는 집이 진짜 맛집인 거야."

국수 예찬론자처럼 어찌나 길게 이야기하는지, 내 머릿속에 기다란 국수가 끝도 없이 지나가는 것 같았다. 이빨로 툭 끊어주면 좋겠다 싶은 마음도 모르고, 그는 계속 국수 이야기를 이어갔다. 그러다 도저히 못 참겠다 싶어진 내가 국수를 야무지게 끊어줬다.

"그래서 네가 좋아하는 국수 맛집이 어딘데? 가보자!"

그제야 얼굴이 환해진 남자가 신나게 차를 몰았고, 잠시 후, 불빛도 가물거리는 허름한 가게 앞에 의기양양하게 멈

취 섰다. 척 봐도 같은 자리에서 족히 50년 이상 국수 장사를 했을 것만 같은 낡은 가게였다.

"국물 맛이 얼마나 개운한지 몰라."

안으로 들어서며 남자는 연신 웃음을 흘렸다. 나는 '깔끔한 데서 먹고 싶은데….'라는 생각을 하며 남자의 얄미운 뒤통수에 뾰족한 시선을 던졌다.

가게 안은 외관보다 더 허름했고, 식탁 표면은 끈적거렸으며, 거뭇거뭇한 바닥마저 내 기분을 흐리게 만들었다. 먼지 낀 전등이 빛을 제대로 뿜어대지 못한 채 내게 말을 거는 것도 같았다.

'너도 나만큼이나 답답하지?'

절로 한숨이 새어 나오는 와중에 뜨끈한 국수 두 그릇이 우리 앞에 놓였다. 숟가락을 들어 올리며 남자가 말했다.

"맛있어서 다음에 또 오자고 할걸?"

남자의 확신을 확인하기 위해 나는 얼른 국물 맛을 봤다. 내 고개가 옆으로 슬쩍 기울어졌다. 다시 한번 숟가락으로 국물을 떠 입안에 밀어 넣었다. 아까보다 더 심하게 고개가 꺾였다.

"너무 평범한 맛인데?"

"뭐라고? 이렇게 맛있는데 평범하다니!"

화를 내듯 남자가 말했다. 눈을 흘기며 나는 면을 후루룩 먹기 시작했다. 그런데 먹으면 먹을수록 '내가 끓여도 이것보단 맛있겠다'라는 생각뿐이었다. 남자는 만족스러운 얼굴로 한 그릇을 뚝딱 비워냈고, 나는 절반도 먹지 못하고 젓가락을 내려놓았다.

시간이 훌쩍 지난 어느 날, 그날을 떠올려보니 모든 것이 빛바랜 사진처럼 뿌옇기만 했다. 국수 맛도, 낡은 실내도, 남자와 나눈 대화도 머릿속에 안개가 낀 듯 선명함을 잃은 채였다.

그런가 하면 한번은 친구와 국수를 먹으러 갔다. 맛집으로 유명한 곳이라 꼭 먹어보고 싶다는 말에 나도 냉큼 따라나섰다. 구불구불한 길을 달리고 또 달려 겨우 도착한 국숫집은 점심시간이 지났음에도 손님들이 꽤 많았다. 정갈한 실내에 환한 빛이 들어오는 늦은 오후, 직원들은 물론, 손님들도 생기 넘치는 얼굴을 하고 있었다.

"평소엔 줄을 서야 먹을 수 있대."

기대하라는 듯 친구가 말했다. 간단한 밑반찬이 식탁에 차려지는 동안, 나는 옆 테이블에 앉은 젊은 연인의 살가운 손놀림과 애정 넘치는 눈빛을 구경했다. 그러다 건너편 가족의 고민 이야기에 귀를 기울이며 말속에 숨은 진실을 유추해보느라 정신이 없었다.

친구가 일상적인 말들을 늘어놓는 순간, 뒤 테이블에 앉은 단체 손님들이 제법 큰 목소리로 대화를 나누기 시작했다. 중년들의 등산 모임이나 취미 모임인 것 같았는데, 그들 사이에 묘한 신경전이 벌어지는 중이었다. 지나치게 화려한 한 중년 여성이 '오빠!'라는 말에 콧소리를 섞으며 관심을 요구하자, 양옆의 여성들이 '그만 좀 해!'라는 얼굴로 눈치를 주었다. 거슬리는 '오빠!' 소리가 이어지는 와중에 우리가 주문한 국수가 나왔다. 얼른 맛을 본 친구 입가에 가벼운 웃음이 걸렸다.

"국수 맛이 특이해!"

나도 한 젓가락 입에 넣었다.

"그러네. 특이하네. 근데 줄 서서 먹을 정도는 아닌 것 같은데?"

"맞아. 그냥 한번 먹어볼 정도네. 그래도 맛있어서 다행이야."

다시 한 젓가락 먹는 순간, 문득 이런 생각이 들었다.

'맛 자체가 중요한 게 아니라, 누구와 먹느냐에 따라서 오감이 열리기도, 닫히기도 하는구나.'

그 생각 덕분일까? 평범한 국수 맛이 갑자기 아주 감칠맛 나게 입안에 감겼다. 김 가루의 고소함과 부드러운 면이 환상적인 조화를 이루어 혀끝을 간지럽히더니, 짭짤한 밑반찬이 포인트를 주어 심심함을 달랬다.

"오빠! 내 마음 알지?"

콧소리 여성이 맞은편에 앉은 머리가 희끗희끗한 남성에게 애교 섞인 목소리로 말했다. 순간, 내 속에선 갖가지 재미있는 이야기들이 흘러넘쳤다. 허공에서 휙휙 칼싸움을 하듯 부딪치는 여성들의 시선과 그걸 보며 조바심을 내는 또 다른 남성의 손가락, 오빠로 불리는 남성의 난감한 표정까지, 어느 것 하나 재미없는 장면은 없었다. 그때, 옆 테이블의 젊은 연인이 찰칵! 셀카를 찍었다. 건너편 가족 손님의 아이가 으앙! 하는 소리를 냈고, 엄마가 부산스레 몸을 돌려 아이를 챙겼다.

그날은 수십 장의 선명한 사진들로 내 머릿속에 남아있다. 게다가 시각을 넘어 오감으로 기억되어 시간이 지나도 흐려지지 않은 채, 잊을만하면 한 번씩 색다른 재미를 불러온다. 특이한 국수 맛으로 미각이 충족되었고, 손님들의 대화를 들으며 귀가 즐거웠으며, 그들의 눈빛과 몸짓을 통해 숨겨진 이야기들을 상상하느라 마음까지 신난 날이었다.

소설가 김영하 님이 글 잘 쓰는 7가지 비법을 밝힌 적이 있다. 그중 하나가 오감을 쓰라는 것이었다. 그러자면 우선 오감을 활용한 경험을 해야 하고, 오감이 열릴만한 사람과 함께여야 한다. 오후의 햇살이 스민 국숫집에서 친구와 국수 한 그릇을 먹는 동안, 나는 몇 편의 영화를 본 듯

즐거웠다. 아마도 오감을 활짝 열어 그 시간을 즐긴 덕분
이지 않을까?

지나간 것은 지나간 대로

"엄마, '해리포터와 저주받은 아이'를 읽었는데, 엄마라면 어떻게 할 것 같아? 과거의 일 중에서 꼭 바꾸고 싶은 일이 있고, 바꿀 기회가 있다면, 바꿀 거야?"

인적 드문 길을 산책하다 아이가 물었다. 그런데 새까만 주변만큼이나 내 머릿속도 새까만 탓에 선뜻 대답할 말이 생각나지 않았다. 그러다 질문을 찬찬히 곱씹자마자 마음에 찰랑거리는 말들이 속삭였다.

'꼭 바꾸고 싶은 일들…. 바꿀 기회…. 좋지! 과거에 바꾸고 싶은 일들이 어디 한두 개야?'

내가 아무 말 없이 어둠만 헤집고 있자, 답답한 듯 아이가 다시 물었다.

"지우고 싶은 기억 같은 거 말이야."

"많긴 하지…. 근데…. 바꾸지 않는 편이 좋겠어."

실제로는 바꾸고 싶은 기억, 지우고 싶은 기억들이 앞자리를 차지하려 치열하게 몸싸움을 해댔지만, 나는 바꾸는 것이 과연 의미 있는 일일까 하는 의구심을 떨치지 못한 채였다.

"왜? 그럼 고통스러운 기억들도 모두 사라질 수 있잖아!"

좋은 기회를 날려버릴 셈이냐는 듯 아이가 눈매를 늘렸다.

"엄마 생각엔, 모든 생명체뿐만 아니라 모든 기억과 추억들도 유기적으로 연결된 것 같아. 그러니까 아주 작은 하나를 바꾸기만 해도 지금 내가 기억하는 것들이 완전히 사라지거나 바뀔 수 있단 뜻이지. 그 사라진 기억 자리에 무엇이 들어찰지 내가 확신할 수 없다는 건 어딘가 좀 불안한 것 같아. 마치 결과를 알 수 없는 게임에 모든 걸 거는 느낌이랄까. 기존 것보다 더 근사하다는 보장도 없는데 굳이 뛰어들 필요가 있을까?"

아이 시선이 바닥을 훑는 동안, 나도 아이도 흔들리는 마음 이쪽, 저쪽을 가늠해보느라 분주했다.

"엄마! 하지만 삶에 있어서 결정적인 고통 같은 거라면 바꾸는 게 낫지 않을까? 누군가의 과거가 바뀌면 현재와 미래가 바뀌는 거고, 다가올 미래에 훨씬 더 행복해질지도 모르잖아."

과거의 한 시점에 발목 잡힌 누군가의 고통을 덜어주고 싶다는 말투로 아이가 천천히 말을 뱉었다. 과거의 어느 날, 어느 시간에 갇힌 사람을 상상하니 나도 모르게 마음이 찌르르 아팠다. 고통을 이불처럼 덮어쓰고 끙끙 앓고 있는 사람을 만난다면 누구라도 기도해주고 싶지 않을까? 부디 그 이불이 사라지게 해달라고.

"그럼 넌 과거에 바꾸고 싶은 일이 있으면, 바꿀 거야?"

내 질문에 아이 입이 비죽비죽 춤을 추더니 이내 멈췄다.

"아니!"

웃음을 슬쩍 베어 문 입매로 꽤 단호하게 대답했다.

"왜? 바꾸는 게 낫다며?"

"난 아직 바꾸고 싶은 일이 없거든!"

아이의 명쾌한 대답이 노랫소리처럼 퍼져갔다.

둘이서 신호등을 막 건널 때, 아이가 다시 물었다.

"근데, 엄마! 사랑하는 사람이 죽었으면? 그래도 바꾸지 않을 거야?"

그 질문에 또 한 번 내 마음이 쿡쿡 쑤셔왔다.

오래전 꿈에서 본 엄마 모습이 떠올랐기 때문이다. 엄마가 떠난 지 꽤 오랜 시간이 흐른 후였는데도, 엄마를 보자마자 내 속에 섭섭한 마음이 풍선처럼 부풀어 올랐다.

"엄마! 내가 서운한 게 얼마나 많은지 알아? 예전에는 말도 못 했는데, 이제 속 시원히 말 좀 해야겠어."

꿈속에서 어린애처럼 쏟아내려는 내게 엄마는 딱 한 마디만 했다.

"그래."

그 짧은 한마디에 스르륵 바람이 빠진 탓에 풍선이 작아졌다. 그러고도 나는 몸을 부들 떨며 또 따져 물었다.

"엄마! 뭐가 급해서 그렇게 빨리 가버린 거야! 오래오래 좀 살지."

빚 독촉을 해대는 사람처럼 내 말에 독기가 서려 있었다. 그런데도 엄마는 또 한마디만 했다.

"그래."

결국 내 풍선은 작아지다 못해 쭈글쭈글 형태도 희미해져 버렸다. 그 순간, 엄마 얼굴이 선명하게 눈에 들어왔다. 한없이 편안한 얼굴, 온화한 미소! 나는 미처 예상하지 못한 얼굴과 대면한 듯 깜짝 놀랐다가 '아' 하는 깨달음의 탄성만 뱉어내고 말았다.

묘한 기분과 함께 잠에서 깨었을 때, 나는 처음으로 깨달았다. 그때껏 '오래 살지 못한 우리 엄마는 참 불쌍해'라고 생각했던 것이 사실은 나를 향한 '자기연민'이었을 뿐이라는 걸. 나의 결혼식과 출산을 비롯한 생의 전환기에 엄마가 빠졌다는 것 또한 스스로를 불쌍히 여기는 내 시선일 뿐이었단 걸. 내가 안쓰럽다 느끼는 순간마다 나는 '우리 엄마는 참 불쌍해'라고 에둘러 말해왔다. 엄마의 삶을 온전히 이해하려 노력해 본 적도 없으면서.

"사랑하는 사람이 죽었다고 해도, 그냥 바꾸지 않을래."

내가 대답했다.

"왜?"

놀랍다는 얼굴로 아이가 물었다.

"사랑하는 사람을 계속 붙들고 있는 건 오로지 내 욕심일지도 모르니까. 그러니까 지나간 과거는 하나도 바꾸지 않는 게 좋겠어. 생각해봐! 만약 엄마가 과거를 바꾸었다면, 엄마랑 너랑 만날 수 있었을까?"

고개를 끄덕이며 아이가 히죽 웃었다.

"그럼 나도 안 바꿀래!"

아이와 나, 나와 우리 엄마는 과거가 남긴 의미를 각자 가슴에 묻어버렸다. '지나간 것은 지나간 대로 그런 의미가 있죠'라는 유행가 가사처럼, 그저 의미만 찾아 알맹이처럼 간직하면 된다는 걸 이미 알고 있기 때문이다.

우리가 살아있는 이유

누구도 희정이를 '나쁜 애'라고 생각하지 않았다. 성격도 서글서글하고, 재미있는 이야기도 곧잘 했으니까. 게다가 친구를 도와주는 일에 누구보다 적극적이어서 다들 모범 상을 줘야 한다고 입을 모았다. 어디 그뿐인가? 반 대표 계주 선수로 통쾌한 역전승을 보여주며 우리 반 명예를 드높인 영웅이기도 했다.

다만 딱 한 가지 마음에 안 드는 구석이 있긴 했다. 한 번씩 친구들이 듣기 싫어하는 말, 그러니까 콤플렉스를 콕 집어 놀리는 거였다.

이마가 넓어서 앞머리를 내린 친구 앞에서 까르르 웃으며 이렇게 말하곤 했다.

"앗! 눈부셔! 네 이마 때문인가?"

그런가 하면 키 작은 친구 앞에선 일부러 두리번거리며 안 보이는 척을 했고, 들창코 친구에겐 '바람 부는 날 불편하겠다!', 키 큰 친구에겐 '거인만큼 커지는 거 아냐?', 눈 작은 친구에겐 '보이긴 보여?'라는 말을 농담처럼 뱉어놓고선 곧바로 친근한 얼굴로 웃어댔다. 물론 옆에서 듣고 있던 친구들도 덩달아 웃음을 터뜨렸지만, 언젠가 자기 차례가 올지 모른다는 불안이 깃든 웃음이었다.

나는 희정이랑 일부러 멀찍이 떨어져 어울리지 않았고, 덕분에 그 애의 얄미운 말을 직접 들은 적은 없었다.

그런데 어느 날, 불운한 날이 내게도 오고야 말았다. 저녁에 슈퍼에 갔다가 돌아오던 중, 잠시 가로등 아래 멈춰 선 게 화근이었다. 나는 봉지에 든 물건들을 뒤적이고 있었다. 그런데 마치 가로등 아래서 날 만날 약속이라도 했다는 듯 희정이가 다가오는 게 아닌가! 순간 심장이 '덜컥'도 아닌, '쾅쾅쾅' 소리를 내며 바닥으로 곤두박질쳤다. 희정이의 매서운 시선이 레이더가 되어 얼어붙은 내 얼굴 위를 천천히 더듬었다. 그러는 동안 내 호흡은 절로 거칠어졌다.

"안… 안… 안녕! 나 빨리 집에 가야 해서…."

더듬거리는 말과 달리 내 몸은 재빠르게 휙 돌아섰다.

"너!"

레이더가 범인을 찾았다는 신호음을 냈다! 가로등 불빛
이 차가운 물처럼 내 얼굴에 쏟아졌고, 목덜미를 잡힌 고
양이처럼 나는 얌전히 있었다.

"넌 밤에 돌아다니지 마!"

다정한 충고 같은 말이었지만 나는 망연자실한 얼굴로
아랫입술을 질끈 깨물었다.

'아! 내 콤플렉스를 아는 게 틀림없어!'

억울한 마음과 불쾌한 마음이 뒤섞여 내 속에서 요란한
괴성을 지르기 시작했다.

"왜?"

적개심 가득한 눈빛을 쏘며 내가 물었다.

"봐! 가로등 아래인데도 얼굴이 너무 까매서 잘 보이지
도 않잖아. 지나가는 사람들이 널 못 보고 부딪힐 수도 있

으니까 낮에만 돌아다니라고! 푸하하하하!"

자기 말이 우스워 못 견디겠다는 듯 몸을 반쯤 접고선 그
애가 어깨를 들썩였다.

"그러는 네 얼굴은 하얘?"

짜증을 잔뜩 섞어 내가 소리쳤다. 웃음을 잠시 멈춘 그
애가 비스듬히 날 쳐다봤다.

"너보단 하얘. 푸하하하하!"

그 한마디를 남겨두고 그 애는 잽싸게 달려가 버렸다.

혼자 덩그러니 남겨진 나는 흐물거리는 다리 탓에 그 자
리에 풀썩 주저앉았다. 자꾸 눈물이 비집고 나오는 통에
손등이 눈을 못살게 비벼댔고, 그 와중에 지나가던 사람
들이 괜찮냐고 물어와서 대답하느라 귀찮아졌다. 속 시원
히 울 수도, 그렇다고 씩씩하게 일어날 수도 없자 나는 더
화가 나서 얼굴을 일그러트렸고, 그럴수록 내 얼굴을 훤히
밝힌 가로등이 더 미워졌다.

겨우겨우 집에 도착하자 작은 언니가 물었다.

"너, 얼굴이 왜 그래? 무슨 일 있었어?"

그제야 서러움이 폭발해버린 나는 '으앙!' 소리 내어 울기 시작했다.

"그 나쁜… 희정이… 내 얼굴… 까맣다고… 밤에 돌아다니지 말래…."

터져 나오는 흐느낌 사이에 중요한 단어를 열심히 채워 넣어 내가 설명했다.

"왜?"

작은 언니는 이유를 모르겠다는 듯 해맑게 물었다.

"너무… 까매서… 밤에 안 보인다고…. 으앙!"

그쯤 되면 위로와 토닥거림이 날아올 만도 한데 웬걸!

"크하하하하하하! 너무 웃겨! 까매서 안 보인다고 밤에 돌아다니지 말래?"

눈물까지 훔치며 작은 언니가 바닥을 데굴데굴 굴렀다. 그 모습에 더 서러워진 나는 이불 속으로 엉금엉금 기어들어 갔다. 그리곤 몇 시간 동안 꼼짝도 하지 않았다. 그 좋아하는 밥도 안 먹고, 쓰린 속만 달래고 있었다.

한참 후, 시골에 있던 엄마가 전화를 했다.

"엄마! 은영이 울고불고 난리야! 밥도 안 먹고 벌써 몇 시간째 저런다니까!"

작은 언니가 고자질하듯 말했다.

"친구가 얼굴 까맣다고 놀려서 화났나 봐. 옹! 잠시만!"

엄마가 날 바꾸라고 했다며 작은 언니가 내 등을 쿡쿡 찔러댔다. 나는 할 수 없이 이불 동굴에서 기어 나와 수화기를 집었다.

"옹, 엄마!"

"그 나쁜 애가 뭐라고 했길래 그래?"

팔을 걷어붙이고 싸울 태세를 갖추는 말투로 엄마가 물었다. 나는 침을 한번 꿀꺽 삼키고 세부 사항을 낱낱이 일러바쳤다. 그러자 속에 들어찬 울분이 스르륵 녹아내리는 것 같았다. 마침내 한풀이에 가까운 내 설명이 끝나자 엄마가 기다렸다는 듯이 욕으로 랩을 하기 시작했다. 세상에 존재하는 욕이란 욕은 다 대포알이 되어 희정이를 향해 날아갔다. 중간중간 외계어처럼 뜻을 알 수 없는 욕들도 들려왔다. 하지만 상관없었다. 든든한 내 편이 희정이, 고 얄미운 애 욕을 돌림 노래로 해주고 있었으니까!

기나긴 욕을 마친 엄마가 목소리를 가다듬더니 내게 한

마디 했다.

"넌 그냥 까만 게 아니야!"

나는 무슨 말인가 싶어 눈만 끔뻑이고 있었다.

"엄마, 그게 무슨 뜻이야?"

"넌 아프리카 애들처럼 새카맣지 않다고! 까무잡잡하니 이쁘게 까만 거야!"

순간 아프리카 사람 옆에 선 내 모습이 휘리릭 그려졌다. 그 모습이 어찌나 우습던지 나는 미친 듯이 깔깔대기 시작했다. 엄마도 양심상 차마 내가 하얗다고 말할 수는 없었던 게 틀림없었다. 어떻게든 위로는 해 줘야겠고, 하얗다고는 못하니 적당히 '까무잡잡'이란 단어가 뽑힌 것 같았다. 그러고도 엄마는 그런 말에 울 필요 없다, 하얀 얼굴이 밥 먹여주냐는 말을 몇 번이나 반복했다.

나는 눈물이 쏙 빠지도록 웃다가 전화를 끊었다. 그때, 집 나갔던 내 입맛이 홀연히 돌아와 속삭였다.

'너, 배고프지?'

나는 무서운 기세로 밥에 고추장을 비벼 한 그릇 뚝딱 비워냈다. 반찬도 없이 그저 밥과 고추장뿐이었는데도 얼마나 맛있던지 머릿속에서 불꽃이 팡팡 터지는 것만 같았다.

달라이 라마가 미국의 한 대학에서 강연을 마쳤을 때, 한 청중이 이렇게 물었다.

"당신은 종종 행복에 대해 말합니다. 그리고 당신은 우리가 존재하는 것은 행복 때문이라고 주장하기도 합니다. 그렇다면 당신이 가장 행복했던 순간은 언제인가요?"

달라이 라마는 깊은 생각에 빠져 가만히 있었다. 그리고 마침내 입을 열었다.

"없습니다."

청중들 얼굴에 일제히 아쉬움이 퍼져갔다. 그러자 달라이 라마가 한 마디 덧붙였다.

"너무 많은 행복한 순간들이 있었습니다. 너무 많은. 그래서 언제가 가장 행복했던 순간이었는지 말할 수가 없습니다."

오랫동안 나는 기억할만한 행복한 순간 하나 없이 살아왔다고 믿었다. 팍팍한 삶이 만든 고독이 늘 옆구리에 단단히 붙어 있다 믿었고, 그런 이유로 정작 필요한 순간에 내 손을 잡아줄 사람은 아무도 없다 생각했다.

그런데 달라이 라마의 말을 읽는 순간, 엄마가 희정이 욕을 시원하게 해줬던 기억이 번쩍 떠올랐다. 가로등 아래 그 애의 얇은 입술이 물결 모양으로 움직이며 뾰족한 파도를 밀어 보낸 기억은 그렇게 선명한데, 왜 엄마의 랩에 가까운 욕은 잊고 살았던 걸까?

그러고 보니 다리가 후들거려 가로등 아래 주저앉은 서글픈 날이 어쩌면 가장 행복한 날이었는지도 모른다. 기억이 불행한 장면만 편집해 앨범을 만들곤 '사진 앞뒤'에 숨어있는 행복한 장면들은 스스로 찾아야 할 과제로 남겨뒀는지도 모르니까 말이다.

문득 이런 생각이 들었다.

'산다는 건 보물찾기 놀이가 아닐까? 열심히 숨어있는 장면을 찾고 나면, 그 장면 덕분에 우리가 살아있다는 생각이 선물처럼 주어지는 놀이! 그게 바로 우리 인생은 아닐까?'

이제 절대 잊지 않겠다 다짐하며 나는 혼잣말을 중얼거

렸다.

'가장 불행한 장면의 앞, 뒤에는 늘 행복한 장면이 숨어 있다! 그리고 그게 내가 살아있는 이유다!'

우리의 결핍

"저 오빠는 왜 저기서 담배 피는 거야!"

못마땅하다는 말투로 친구가 중얼거렸다. 독서실 옆 공터에 쪼그리고 앉아 담배 피우는 그의 뒷모습이 선명하게 눈에 들어왔다.

"담배 필 곳이 마땅치 않은가 보지."

둥그렇게 말린 등이 짠해 보여 나는 괜스레 그를 두둔하고 싶어졌다.

"저기서 담배 피면 연기가 안으로 다 들어오잖아. 안 되겠어. 실장님한테 말해야겠어."

얼른 안으로 뛰어 들어가려는 친구 팔을 내가 덥석 낚아챘다.

"그냥 저 오빠한테 직접 말하자."

친구를 끌고 공터 쪽으로 걸어갔다. 인기척을 느낀 그가 얼른 몸을 일으켜 세우며 담뱃불을 껐다.

"저기…. 왜 여기서 담배 피세요?"

그건 따지는 말투라기보단 이해한다는 말투에 가까워 내가 뱉고도 이상하다 싶었다.

"아…. 미안! 금방 피고 들어갈 생각이어서…. 혹시 담배 연기 들어갔어?"

민망할 때마다 나오는 특유의 익살스러운 표정이 그의 얼굴에 한껏 들어찼다.

"담배 연기가 안으로 들어오는 거 뻔히 알면서 피신 거예요?"

핀잔주듯 친구가 톡 쏘았다.

"미안! 다시는 여기서 안 필게."

고개를 몇 번 주억거리다 그가 안으로 후다닥 들어갔다. 그의 모습이 사라지고도 '미안'이라 말할 때의 표정은 그자리에 그대로 남아있었다. 외로움이 흘러넘쳐 애잔해 보이는 표정! 할 수만 있다면 나는 그의 등에 따뜻한 이불이라도 둘러주고 싶었다.

　"저 오빠…. 좀 짠하지 않아?"

　'왜 이렇게 익숙한 외로움 같지?'라는 생각을 하며 내가
말했다.

　"짠하긴 뭐가 짠해? 재수생이면 더 열심히 공부해야지.
늘 담배 피기 아니면 농담 따먹기만 하잖아."

　친구 말이 맞긴 맞았다. 그런데도 나는 '외로워 보이는
사람에겐 조금 관대해도 괜찮지 않아?'라는 말을 하고 싶
었다. 너무 외로우면 스스로를 감싸 안기도 버거우니까,
누구라도 곁을 내어준다면 감사하게 되니까…. 하지만 외
로움에 익숙지 않은 사람들은 무슨 소리냐며 펄쩍 뛸 것이
뻔해 그 말은 내 속에 꼭꼭 숨겨두기로 했다.

　그 후에도 내 시선은 늘 그를 쫓았다. 그의 애매한 웃음
과 오물거리는 입술, 목을 꺾는 버릇과 코를 비비는 손놀
림까지…. 그러면서 그 모든 동작에 왜 약간의 측은함이
묻어나는지 의아해했다. 너무도 일상적이어서 시선 하나
끌지 못할 동작들인데, 유독 내 눈에만 서글퍼 보이는 이

유를 알고 싶었다. 그러다 한참 후, 예상외의 장면에서 깨달았다.

"너, 오빠 말 들어야지! 이 시간에 여자애가 친구랑 둘이서만 슈퍼 가는 건 위험해. 그러니까 오빠랑 같이 가든지 아니면 가지 마. 알겠어?"

독서실에 다니던 또 다른 오빠가 여동생에게 훈계하듯 말했다. 고3이었던 그는 나이에 걸맞지 않게 상당히 권위적인 태도를 보였고, 함께 독서실에 다니던 여동생은 종종 반항하다가 끝내는 오빠 말에 따르곤 했다. 그 모습을 볼 때마다 나는 어이가 없어서 속이 부글부글 끓었다.

"어쩜 저런 오빠가 있지?"

내가 고개를 저으며 말했다.

"저 오빠가 우리 오빠면 좋겠다…."

친구가 혼잣말처럼 말하길래 내가 펄쩍 뛰었다.

"뭐라고? 저렇게 꽉 막힌 사람이 오빠면 좋겠다고? 나는 한 트럭 갖다줘도 싫을 것 같은데? 조선 시대도 아니고, 말 끝마다 '여자가', '남자가'라는 것도 거슬리고, 무엇보다 저

권위적인 말투가 너무 싫어!"

어깨를 털어내며 내가 말하자, 친구는 이해할 수 없다는 얼굴을 했다.

"여동생을 위하는 마음에서 그러는 거지. 난 듬직하고 좋기만 한데?"

그때 담배 피는 재수생이 주춤거리며 지나갔다. 담배 냄새가 진하게 풍기자 친구 인상이 단번에 일그러졌다.

"아휴! 담배 냄새!"

친구가 손사래를 치는 동안 나는 그 냄새마저 외로운 것 같다고 생각했다. 여동생에게 긴 잔소리를 늘어놓는 오빠를 지나치며 그가 담배 하나를 꺼내 물었다. 그렇게 우리 넷이 한 공간을 차지한 순간, 나는 비로소 알 것 같았다.

내가 느끼는 외로움을 그도 똑같이 뿜어대고 있다는 걸. 가끔은 나보다 더 진한 외로움이라 안도했었다는 걸. 담배 피던 그의 등을 쓸어주면 좋겠다고 생각했던 것도 사실은 내 등을 쓸어주고 싶은 마음이었다는 걸.

친구의 아빠는 늘 집을 떠나있었다. 철없는 남동생이 못마땅하다며 불평을 늘어놓던 친구는 듬직한 남자가 이상형이라 말했다. 여동생을 훈계하는 오빠가 권위적이기는커녕, 한없이 듬직해 보인다며 좋아했던 것도 그 때문인 것 같았다.

우리는 어디서든 우리의 결핍을 채우고 싶어 한다. 담배 피는 그를 통해 외로움을 확인하고, 그와 나의 외로움이 어떻게든 채워지길 바랐던 것처럼. 혹은 아빠를 대신할 듬직한 남자를 찾으려는 것처럼.

여전히 나는 누군가의 쓸쓸한 등을 보면, 그 등을 가만히 쓸어주고 싶다. 그건 아마도 내 등에 매달린 외로움을 털어내고 싶은 마음 때문일 것이다.

마음이 공간이라면

나는 가끔 마음에 관해 상상한다.

'마음이 공간이라면, 감정이 머물다간 자리는 어떤 모양, 어떤 색깔일까?'

'격렬한 감정이 휩쓸고 가버리면, 틀림없이 어지럽고 불투명한 색깔이 되어 있지 않을까?'

동생을 잃은 후, 그녀의 마음은 늘 어지러운 공간이었다. 물건들이 뒤죽박죽 쌓이다 못해 먼지가 뽀얗게 앉고, 그 위에 다시 거미줄이 촘촘히 영역을 확장해 가는 음침하고 무질서한 공간! 그런 그녀를 보며 나는 늘 궁금했다. 언젠가는 물건들이 비워지고, 공간이 생길 수 있을지, 만약 그렇게 된다면 새로운 공간엔 어떤 물건들이 들어올지.

남겨진 제부와 아이들 이야기를 할 때면 그녀 얼굴에 미안함과 안타까움이 켜켜이 내려앉곤 했다. 남은 평생 그들이 짊어질 짐을 생각하면 마음이 한없이 어두워지는 모양이었다.

한참 시간이 지난 어느 날, 그녀가 말했다.

"제부가 요즘 만나는 사람이 있나 봐."

마치 남동생의 안부를 전하듯 그녀의 말투는 가볍고 경쾌했다. 오히려 놀라서 입술에 바짝 힘을 준 건 나였다.

"동생 떠난 지 그리 오래된 것 같지도 않은데요?"

그녀 앞에서 '동생'이라는 단어를 입에 올리는 것도 부담스러워 나는 후루룩 말해버렸다.

"제부도 언제까지 혼자일 순 없잖아. 난 오히려 잘 됐다 싶어."

그녀 얼굴에 아쉬움 대신 반가움과 즐거움이 들어차고 있었다.

"어떻게 만났대요?"

"첫째 돌봐주던 어린이집 선생님이래. 아이들에게도 친절하고 제부하고도 잘 맞나 봐. 아무래도 갑자기 엄마를

잃은 아이들 때문에 이런저런 이야기를 하다가 친해졌나
봐."

차분하고 담담한 말투였다.

"좀 섭섭하진 않아요?"

"섭섭해하면 양심 없는 거지. 안 그래? 난 제부와 조카들
이 진심으로 행복했으면 좋겠어. 제부가 만나는 사람이 있
다는 소식을 들은 순간, 마음속 짐이 사라지는 기분이더라
고."

그리고 보니 그사이 그녀는 마음 공간을 제법 확보한 듯
했다. 물건들이 사라진 자리에 새로운 감정을 채우려는 건
지도 몰랐다.

"내가 언니라면 기분이 좀 묘할 것 같아요. 제부의 여자
친구라니…."

"지난번에 같이 인사 왔었어. 성격도 차분하고, 아이들
에게도 참 잘하더라고. 그래서 마음이 놓였지."

공간이 생긴 그녀 마음에 슬쩍 바람이 불어오는 것 같았
다. 더 많은 먼지를 털어내고, 물건들을 밀어내는 바람. 그
덕분에 그녀 얼굴에 편안한 웃음이 찾아온 게 틀림없었다.

"언니, 그거 알아요? 모진 풍파 덕분인지 언니가 예전보다 훨씬 깊어졌다는 거. 사람을 이해하는 폭도 넓어진 것 같고요."

"자연스럽게 그렇게 되더라고. 난 동생을 잃은 건데, 아이들은 엄마를 잃은 거잖아. 얼마나 슬프겠어. 내 입장만 생각하며 우울해하기엔 그들이 훨씬 더 가엾잖아."

그녀가 밝게 웃었다. 그사이 시원한 바람이 그녀의 마음을 깔끔히 비워내고 있었다.

시인 구미가 이렇게 말했다.

"슬픔은 기쁨을 위해 그대를 준비시킨다. 그것은 난폭하게 그대 집 안의 모든 것을 쓸어가 버린다. 새로운 기쁨이 들어올 공간을 발견할 수 있도록. 그것은 그대 가슴의 가지에서 변색된 잎들을 흔든다. 초록의 새잎이 그 자리에서 자랄 수 있도록. 그것은 썩은 뿌리를 잡아 뽑는다. 그 아래 숨겨진 새 뿌리들이 자라날 공간을 갖도록. 슬픔이 그대의 가슴으로부터 흔드는 것마다, 훨씬 좋은 것들이 그 자리를 대신할 것이다."

그녀 마음에 휘몰아쳤던 슬픔은 어쩌면 다음에 올 기쁨을 위한 것이었는지도 모른다. 그리고 삶이 지나치게 평온하다 싶을 때마다 한 번씩 슬픔이 우리를 찾아오는 것은 우리 마음에 들어찬 물건들을 치우기 위함이 아닐까? 그렇게 새로운 공간에 슬픔 이외의 감정을 받아들여 우리를 더 깊은 사람으로 만들려는 건 아닐까?

그러니 우리의 마음이 공간이라면, 텅 빈 곳이 생길 때마다 허전해하기보다 오히려 새로 올 기쁨을 기대하며 눈을 반짝일 수 있겠다.

제부와 여자 친구, 조카들이 다녀간 후에 그녀와 그녀의 엄마는 서운해하거나 슬퍼하지 않았다. 딸의 흔적이 사라지는 것을 두려워하지도 않았다. 그저 텅 빈 마음에 찾아올 온기를 기대할 뿐이었다.

어느 찬란한 오후

　그날은 되는 게 하나도 없었다. 전날 독서실에서 새벽 2시쯤 온 탓에 온몸이 물에 젖은 솜뭉치 같았고, 별것도 아닌 일로 짝꿍에게 눈을 흘겨 버렸다.

　"너 오늘따라 왜 이렇게 까칠해?"

　눈을 끔뻑이며 짝꿍이 물었다.

　"휴…. 미안. 너무 피곤해서 그래."

　책상 위에 머리를 내려놓으며 시든 목소리로 내가 말했다.

　"리코더 연습했어?"

　"앗! 리코더!"

　순간 음악 선생님의 커다란 덩치가 떠올라 내 머리가 획

솟아올랐다.

"이번에 제대로 못 하면 엄청 혼날 텐데…."

울상을 지으며 짝꿍이 말했다. 할 수 없이 입술에 온 신경을 끌어 모아 둘이서 리코더를 불기 시작했다. 그 소리에 아이들 몇 명도 얼른 리코더를 꺼내 '투투투' 소리를 냈다. 그냥 바람을 불어넣는 게 아니라, 음악 선생님이 가르쳐준 대로 '투투투' 불며 정확하고 맑은 소리를 내야 했다. 여기저기 '삐익'하는 거슬리는 소리가 들려올 때마다 마치 내가 낸 소리마냥 마음이 불편해졌다.

"지난 시간에 제대로 못 한다고 음악 선생님이 눈 부릅떴던 거 기억나지? 생각만 해도 무서워."

짝꿍이 소름을 털어내듯 두 팔을 문지르며 말했다. 나는 고개를 끄덕이며, 오늘은 제발 그 희번덕대는 눈을 마주하지 않길 기도했다.

"아이참! 비 온다!"

누군가 소리쳤다. 그러자 '귀찮아 죽겠네'하는 얼굴로 다들 끙끙거렸다. 다른 건물에 있는 음악실에 가려면 밖으로 나갈 수밖에 없었기 때문이다.

"오늘은 정말 되는 게 하나도 없어!"

아이들의 중얼거림에 내 한숨도 더해졌다.

늦가을의 교정은 어딘가 쓸쓸하고 공허했다. 바닥에 쌓인 낙엽들이 '삶은 허무하다' 말하며 무질서하게 날아다녔다. 그러다 비를 맞고는 꼼짝없이 잡힌 포로가 되어 바닥에 붙어버렸다. 잎을 떨군 나무들이 비바람에 흔들릴 때마다 우리 얼굴엔 더 세찬 바람이 지나갔다.

짜증스레 비를 털어내며 음악실에 들어섰다. 커다란 창문을 반쯤 가린 음악 선생님 뒷모습이 보였다. 비 오는 가을 풍경을 감상해서인지 그의 옆모습은 바닥에 달라붙은 낙엽들과 닮아있었다. 우린 각자 자리에 앉아 그의 매서운 눈빛을 기다렸다. 잠시 후, 그가 고개를 돌려 우릴 둘러봤다.

"리코더 연습 많이 했겠지?"

그의 목소리는 평소처럼 으르렁대는 소리도, 궁금해서

묻는 소리도 아니었다. 그저 방금 전 눈에 담았던 늦가을 풍경이 목소리에 진하게 스민 깊은 소리였다.

"자, 한 명씩 불어보는 거야. 1번부터 불어봐!"

1번이 물고기처럼 입을 뻐끔거리다 투투투 소리를 내는 데 성공했다.

"응. 잘했어. 2번!"

2번도 입술에 힘을 주고 바람을 불어넣었다.

투투삐익!

뿔테 안경 너머 그의 눈이 번쩍하는 게 보였다. 화가 났다는 뜻이었다.

"3번!"

바로 공격하지 않고 한꺼번에 몰아칠 생각인지 그가 다음 번호를 불렀다. 3번도 최선을 다했지만, 투투삐익! 소리를 내고 말았다.

"4번!"

그렇게 이어진 투투삐익! 의 저주는 좀처럼 깨지지 않았다. 그럴수록 그의 눈매는 일그러졌고, 금방이라도 독한 말들을 쏟아낼 듯 입술에 힘이 잔뜩 들어갔다. 나를 포함한 대부분의 아이들이 투투삐익! 저주를 선보이며 잔뜩 움츠러들었다.

　마지막 번호까지 보기 좋게 투투삐익! 소리를 낸 후, 음악실 안은 진공 속으로 빨려들어 간 듯 적막해졌다. 비 오는 소리가 들리다, 휘잉 거친 바람에 몸을 띄운 낙엽들만 창밖에서 정신없이 움직일 뿐, 우리 중 누구도 소리를 내거나 움직이지 않았다.

　"휴…. 리코더는 그만하자!"

　투투삐익! 의 저주에 굴복한 그가 물러섰다. 그리곤 창밖으로 시선을 던져 파편처럼 몸을 날리는 낙엽들을 가만히 쳐다보고 있었다. 행여나 저주에 대한 호통이 날아올까 두려워진 우린 서로 눈을 맞추며 목을 쏙 밀어 넣었다.

　다음 순간, 그가 휙 돌아서더니 칠판 옆으로 걸어갔다. 그리곤 커다란 통에서 뭔가를 꺼내기 시작했다. 몸통의 차분한 갈색이 위용을 드러내자, 우리의 눈과 입이 절로 벌어졌다. 줄을 두어 번 손끝으로 튕긴 후, 그가 연주를 시작

276

했다. 커다란 그의 몸통만큼이나 커다란 첼로가 깊은 동굴 소리를 내며 음악실 전체를 감싸 안았다. 음악에 대해 아는 바가 전혀 없었음에도 나는 문득 '가슴 밑바닥이 아프다는 건 이런 게 아닐까?'라는 생각을 했다.

그의 첼로는 애절한 사모곡처럼 서글픈 소리를 냈다. 음이 올라갈 때마다 그의 고개와 눈썹도 함께 올라갔다. 그 깊은 소리에 우리 중 절반은 넋을 잃은 표정을, 나머지 절반은 난데없는 슬픔에 눈물을 찍어냈다.

그의 연주가 절정을 통과해 다시 서서히 낮아졌다. 창밖에서 들려오는 바람 소리도 어느새 잔잔해졌고, 생명의 파편 같던 낙엽들도 바닥에 몸을 누인 채 정갈히 다음 생을 준비했다.

시간과 공간이 짧은 순간 완전히 바뀔 수 있다는 것과 '되는 게 하나도 없던 날'이 순식간에 '살아야 할 의미로 가득 찬 날'이 될 수 있다는 것과 뾰족이 날을 세운 신경이 끝을 날려 뭉툭해질 수 있다는 걸 처음 안 날이었다.

연주가 끝났지만 아무도 움직이지 않았다. 바람 소리도

낙엽의 비상도 모두 사라졌다.

물웅덩이를 건너뛰며 다시 교실로 돌아가는 길, 나는 문득 바닥에 달라붙은 낙엽도, 맑아진 하늘도, 심지어는 내 삶마저 좋아졌다. 첼로 선율에 모든 허무를 내어주고 돌아온 덕분일까? 그날은 '기필코 살고 싶은 날'처럼 한없이 찬란했다.

바람이 불 때마다 꽃송이가 말했다

　푸른 하늘빛을 즐기려는 듯, 불어오는 바람에 몸을 맡기려는 듯, 꽤 많은 사람들이 공원에 모여든 날이었다. 바람이 불 때마다 새하얀 매화가 파르르 몸을 떨었고, 그때마다 나와 친구는 그 찬란한 빛에 감탄사를 쏟아냈다. 이야기 중간중간, 친구는 벚꽃과 매화가 얼마나 비슷하게 생긴 줄 아느냐며 자꾸만 그 흰 빛을 눈에 담게 했다. 날카로운 바람이 쌩 지나가는데도 매화는 몸을 떨 뿐 절대 꽃잎은 내어주지 않았다. 그 강직함에, 그 인내심에 내 마음까지 팔랑대기 시작했다.

　가뿐한 기분이 웃음을 만들어내려던 순간이었다.

　"으아아아아아앙!"

매화보다 더 하얀 옷을 입은 남자아이 하나가 갑자기 큰 울음을 터트렸다. 하얀 꽃송이 대신 아이의 하얀 옷이 내 눈에 쏟아져 들어왔다. 세찬 울음소리에 놀란 엄마가 잰걸음으로 뛰어와 있는 힘껏 아이를 안아 올렸다. 엄마 목을 감싼 아이는 서럽다는 듯 목청을 높였고, 그럴수록 엄마가 달래는 소리도 덩달아 커졌다.

"엄마! 안아줘!"

한껏 당겨진 나뭇가지처럼, 엄마 목이 꺾일 듯 앞으로 쏠렸다.

"지금 안고 있잖아!"

목소리에 '그만 좀 해'라는 말이 숨어있었다. 나와 친구는 그 모습이 흥미로워 흔들리는 매화 대신 흔들리는 엄마와 흔들어대는 아이를 관찰하는 중이었다.

"엄마가 이미 안아주고 있는데, 아이는 성에 안 차나 봐."

친구가 키득키득 낮게 웃으며 말했다. 그때, 아이가 울먹임을 걷어낸 목소리로 또박또박 말을 뱉었다.

"더 꼭 안아줘!"

그 단순한 말이, 그 특별한 것 없는 말이 진한 질투심을 불러오더니 팔랑대는 내 마음을 꼬집어버렸다.

'어쩜 저렇게 선명하게 요구할 수 있을까?'

나는 진심으로 아이가 부러워져 어깨를 바들 떨었다.

어릴 적 나는 늘 엄마에게 하고 싶은 말이 넘쳤다. 엄마 소매를 잡고 늘어지는 일이 많았고, 내 이야기가 끝날 때까지 엄마 엉덩이가 날아오르지 못하게 보초를 서느라 신경을 곤두세우곤 했다. 그런데 열심히 내 이야기를 쏟아내는 중에 엄마 얼굴을 들여다보면 진한 다급함과 고단함이 함께 스며 있었다.

"엄마 할 일 많아!"

"이제 밥할 시간이야!"

"나중에 들어줄게."

그렇게 내 이야기를 미뤄버리는 말이 날아들면, 나는 눈매를 늘어뜨리며 상처 입은 표정을 짓곤 했다. 내 이야기에 귀 기울여주지 않는 엄마가 야속해서, 그리고 내 말 좀 들어달라는 말을 그 지친 얼굴에 대고 차마 할 수가 없어서.

그러다 하루는 인형 머리를 끼우는 부업을 하느라 정신
없는 엄마 곁에서 내가 또 이야기를 쏟아냈다.

"엄마! 재밌지?"

"응"

짐처럼 쌓여있는 인형 머리를 흘깃거리며 엄마가 무심
히 대답했다.

"엄마, 내 이야기 듣고 있는 거야?"

짜증을 내듯 내가 톡 쏘았다.

"그래. 듣고 있어. 근데 이야기 다 끝난 거지?"

이제 좀 쉬게 해달라는 듯 엄마가 눈매를 좁혀 말했다.
나는 엄마 귀로 들어가지 못하고 흩어져버린 내 이야기들
을 주섬주섬 주워 담고 싶었다. 그리고 엄마에게 선명하게
요구하고 싶었다.

'내 이야기 좀 잘 들어줘!'

그런가 하면 시골에 살던 엄마에게 갈 때마다 엄마를 독

차지하고 싶은 마음에 나는 사력을 다해 엄마 품을 파고들었다. 그러면서 꼼짝하지 말고 나만 안아달라고 애원하듯 말했다.

"할 일이 많은데 그럴 여유가 어딨어?"

나를 안고 있는 것보다 더 중요한 일들이 차고 넘친다는 말이었다. 엄마는 큰 언니 안색을 살피다, 오빠 학교생활을 물었다, 작은 언니 건강을 궁금해했다. 나를 안고 있으면서 나를 챙기지 않는 섭섭함에 나는 더 심하게 달라붙었다. 그리고 엄마 눈을 보고 선명하게 외치고 싶었다.

'엄마! 더 꼭 안아줘!'

하지만 엄마 얼굴을 보면 이상하게 그 말이 입 밖으로 나오지 않았다. 그래서 매번 삼키고, 또 삼켜버렸다.

선명한 요구를 삼키는 일에 익숙해져서일까? 나는 자라면서 무언가를 선명하게, 그리고 당당하게 요구하는 것이 편치 않았다. 그랬다간 엄마의 지친 얼굴을 다시 보게 될 테고, 그 무게를 감당할 자신이 없었다. 가뜩이나 끼니 걱정에 눈매가 내려앉은 엄마인데, 닥치는 대로 일 하는 바람에 손등이 거칠어진 엄마인데…. 거기에 내 요구까지 얹어버리면 엄마가 영영 주저앉을 것만 같아서였다.

"더 꼭 안아줘!"

아이의 요구에 엄마가 더 세게 끌어안았다. 그렇게 몇 분간 아이는 엄마 품에 안겨 울었다. 뾰족한 바람이 불어왔다. 아이의 하얀 옷이 바람에 밀려 나부꼈다. 이내 말간 얼굴로 아이가 달려갔다.

새하얀 매화는 이번에도 꽃송이만 흔들고 꽃잎은 단단히 잡고 있었다. 엄마에게 선명한 요구를 하고 싶을 때마다 꿀꺽꿀꺽 삼켜버렸던 나의 집요함이 매화 꽃송이에 가서 척 내려앉았다. 바람이 불 때마다 꽃송이가 말했다. 그건 미련한 집요함이 아니었다고. 강인한 인내심이었다고. 그러니 그 옛날 서글픔은 바람에 홀홀 날려 보내라고.

다시 바람이 불었고, 꽃송이가 몸을 떨었다. 꽃잎 하나 내어주지 않은 매화 덕분에 나는 그 옛날 선명한 요구를 꿀꺽 삼키던 아이 얼굴이 되었다.

작은 기적

"오늘 네 생일이지?"

친구가 들뜬 목소리로 전화를 했다.

"우와! 내 생일을 기억하고 있었던 거야?"

"사실은 말이야, 우리 할머니 생신이랑 네 생일이 똑같아!"

친구 말에 내 눈이 동그래졌다.

"정말? 음력 생일이 똑같은 거야?"

"응! 신기하지? 그래서 난 네 생일 절대 안 잊어!"

그렇게 고등학생 시절 내내, 친구는 할머니 생신날이면 어김없이 내게 전화를 했다.

하루는 친구가 얼굴에 그늘을 드리우고 앉아있길래 내

가 물었다.

"무슨 일 있어? 왜 그렇게 심각한 얼굴을 하고 있어?"

선뜻 대답하지 않고 뜸을 들인 친구가 툭 한마디 내뱉었다.

"우리 할머니 치매래!"

"치… 매…?"

드라마에 등장하는 치매 환자들의 모습이 머리를 스치는 바람에 뭐라고 대답해야 할지 알 수 없었다. 위로를 건네기엔 경중을 알 수 없었고, 그렇다고 막연히 괜찮을 거라고 말하기엔 제삼자의 무신경함을 그대로 드러내는 것만 같아서였다.

"가끔 깜빡깜빡하긴 하셨는데, 요즘 들어서 상태가 좀 심해졌어. 어휴! 할머니 때문에 집이 조용할 날이 없어."

친구 볼이 불룩해졌다.

"가족들이 많이 힘들겠다."

고개가 푹 꺾여 내려간 친구를 보자 내 마음도 무겁게 내려앉았다.

하루는 지긋지긋하다는 얼굴로 친구가 말했다.

"어제 갑자기 할머니가 사라져서 난리가 났어."

"정말? 어디 가셨길래?"

"혼자 집에 계시다가 무작정 나갔었나 봐."

깊은 한숨이 친구 말끝에 따라붙었다.

"할머니는 괜찮으셔?"

걱정스러운 말투로 내가 물었다.

"응…."

순간, 친구 얼굴에 복잡 미묘한 감정들이 흘러가는 게 보였다. '다행인 듯, 지겨운 듯, 아쉬운 듯!'

감정에 솔직했다간 또 다른 죄의식과 대면해야 했기에 친구는 입을 꾹 닫고 바닥만 쳐다보고 있었다.

"할머니를 도울 수 있으면 좋을 텐데…."

생일이 똑같다는 동질감 때문인지 나는 진심으로 친구 할머니가 걱정되었다. 그때, 친구가 세차게 고개를 내저었다. 타인이 가진 감성적인 시선과는 달리, 당사자들은 다분히 현실적인 고통 속에 있다는 듯이, 그 모든 걸 고갯짓으로 털어내고 싶다는 듯이!

　어느 책에서 배우 김혜자 씨의 일화를 읽은 적이 있다. 빈민국에 여행을 갔던 김혜자 씨가 한 노점상을 발견했다. 그런데 노점상 여인은 싸구려 장신구를 앞에 두고 하염없이 울고만 있었다. 그 모습이 애처로웠던 김혜자 씨는 그녀 옆에 무작정 앉았다. 그리고 여인의 손을 잡고 함께 울었다. 카메라가 찍고 있는 것도 아니었고 그녀를 도와야 할 의무도 없는 상황이었다. 그런데도 김혜자 씨는 그녀에 대한 연민으로 눈물을 떨구었다.

　한참 그렇게 둘이서 울다가 노점상 여인이 편안한 얼굴로 웃기 시작했다. 그러자 김혜자 씨가 앞에 펼쳐진 장신구 중에 팔찌 하나를 고른 후, 300달러를 건넸다. 깜짝 놀란 그녀가 얼떨떨해하자, 김혜자 씨가 생긋 웃었다. 누군가 이유를 묻자 이렇게 대답했다.

　"누구나 한 번쯤은 횡재하고 싶지 않겠어요? 인생은 누구에게나 힘들잖아요."

　그날 노점상 여인은 낯선 이로부터 위안은 물론이고 생

애 최고의 횡재까지 얻은 셈이었다.

훗날 김혜자 씨는 그 일을 회상하며 이렇게 말했다.

"그 여자와 나는 아무 차이가 없어요. 그녀도 나처럼 행복하길 원하고, 작은 기적들을 원하고, 잠시라도 위안받기를 원하잖아요. 우리는 다 같아요."

그 말은 내 속에서 큰 파장이 되어 퍼져나갔다. 우리 모두 결국엔 아무 차이 없이 살아가고, 소소한 기적과 행복, 작은 위로 한 줌에도 즐거워하지 않는가? 내가 그중 어떤 것이라도 타인에게 건넬 수 있다면, 상대뿐 아니라 나까지 '기적'을 경험하는 멋진 일이 아닐까?

나의 세 번째 동화책, 《기억을 파는 향기 가게》는 친구의 할머니를 생각하며 쓴 책이다. 그 옛날 깜빡 정신이 들었을 때, 자신이 선 낯선 공간을 확인한 할머니가 부디 덜 당혹스럽고 덜 슬펐으면 좋겠다는 마음으로 썼다.

만약 내 친구 가족이 경험한 일을 지금 겪고 있는 가족이 있다면, 김혜자 씨가 그랬던 것처럼 그냥 손을 잡고 함께 울어주고 싶다. 그 일이 서로에게 '기적'이라면 우린 또 그 힘으로 살아갈 수 있을 테니까.

참고 문헌

『따라 쓰기의 기적』 송숙희 지음 | 유노북스 (2019)
『나는 나무에게 인생을 배웠다』 우종영 지음 | 메이븐 (2019)
『예비작가를 위한 출판백서』 권준우 지음 | 푸른향기 (2019)
『신이 내린 필력은 없지만 잘 쓰고 싶습니다』 심원 지음 | 은행나무 (2019)
『스토리텔링으로 설득의 고수가 되라』 쉬원송 지음 | 나무와열매 (2019)
『일단 오늘 한 줄 써봅시다』 김민태 지음 | 비즈니스북스 (2019)
『저는 후보 3번입니다만…』 신은영 지음 | 글라이더 (2020)
『공감의 온도』 신은영 지음 | 책엔 (2020)
『오늘도, 별일은 없어요』 신은영 지음 | 알비 (2020)
『이런 경험 나만 해봤니?』 신은영 지음 | 이노북 (2020)
『술 취한 코끼리 길들이기』 아잔 브라흐마 지음 | 이레 (2008)
『새는 날아가면서 뒤돌아보지 않는다』 류시화 지음 | 더숲 (2017)
『마흔, 나를 위해 펜을 들다』 김진 지음 | SISO (2019)
『살아 있는 것은 다 행복하라』 법정 지음 | 조화로운삶(위즈덤하우스) (2006)
『사이토 다카시의 2000자를 쓰는 힘』 사이토 다카시 지음 | 루비박스 (2016)
『좋은지 나쁜지 누가 아는가』 류시화 지음 | 더숲 (2019)
『채식주의자』 한강 지음 | 창비 (2007)
『아몬드』 손원평 지음 | 창비 (2017)

블로그 글쓰기로 책도 쓰고 작가도 되자

이젠 블로그로 책 쓰기다!

초판 1쇄 발행   2020년 10월 30일

초판 2쇄 발행   2021년 11월 30일

지 은 이   신은영

펴 낸 이   최수진

책 임 편 집   박현아

펴 낸 곳   세나북스

출 판 등 록   2015년 2월 10일 제300-2015-10호

주   소   서울시 종로구 통일로 18길 9

홈 페 이 지   http://blog.naver.com/banny74

이 메 일   banny74@naver.com

전 화 번 호   02-737-6290

팩   스   02-6442-5438

I S B N   979-11-87316-73-2 03800